आदमी बने रहने का ढोंग

(कहानी संग्रह)

डॉ. सोनिया गुप्ता

परम पूज्य पिताश्री (गोलोकवासी)
को सादर समर्पित

पिता तुमने मुझे चलना सिखाया
सहे दुख खुद मुझे हर पल हँसाया
मैं जो कुछ हूँ तुम्हारी ही बदौलत
मुझे काबिल तुम्हीं ने तो बनाया

क्रम-सूची

प्रस्तावना

❦

प्रिय मित्रों !

मैं पुन: अपना पंचम व्यक्तिगत हिंदी संग्रह 'आदमी बने रहने का ढोंग' लेकर आप सभी के समक्ष प्रस्तुत हुई हूँ । इससे पूर्व मेरे चार व्यक्तिगत हिंदी संग्रह प्रकाशित हो चुके हैं, जिनमें से तीन ("ज़िंदगी गुलज़ार है","उम्मीद का दीया"और "कुछ अनकहे एहसास") कविताओं का संकलन हैं और चौथा ("कभी जलते कभी बुझते चिराग़") ग़ज़लों का संकलन है | मेरा यह संग्रह कहानियों पर आधारित है |

गद्य विधा का हिंदी साहित्य में विशेष स्थान माना जाता है | कहानी, आलेख, संस्मरण, पत्र, यात्रा वित्रांत इत्यादि अनेक प्रकार की रचनाएं इस विधा के अंतर्गत आती हैं | गद्य रचनाओं की एक विशेष बात है, खुले आसमान की तरह अपने विचारों को रख देना | बिना किसी शिल्प, लय, या विधान के बँधन में बँधे अपने मन के भावों को कोरे कागज़ पर इस तरह अलंकित करना, जिसे पढ़कर पाठक भी सोचने पर विवश हो जाता है |

कहानियों का महत्त्व हमारे जीवन में अनंत काल से रहा है | जन्म से हम माता-पिता, दादा-दादी, नाना-नानी, बुज़ुर्गों, शिक्षकों, बड़ों और अन्य कई सगे संबंधियों से कहानियाँ सुनते आते हैं, जो केवल एक प्रेरणा स्त्रोत नहीं बल्कि एक मार्गदर्शक भी कहलाती हैं, इस जीवन के कठिन पथ को सहजता और बुद्धि से पार करने के लिए | भगवान द्वारा रचाया यह संसार विचित्र है | इसमें प्रति क्षण कुछ न कुछ घटित होता रहता है और ये घटनाएँ एक किस्से / कहानी का रूप ले लेती हैं |

ज़िंदगी अनुभवों का सफ़र है | कुछ अनुभव अच्छे होते हैं, जो जीवन में सुखद एहसास ले आते हैं | और कुछ ऐसे किस्से घट जाते हैं, जो केवल एक दुःखद स्मृति बनकर अंतिम श्वास तक चुभते रहते हैं | इन किस्सों और घटनाओं को अवलोकन कर, इनमें छिपी सीख को यदि दूसरा इंसान अपने जीवन में उतार ले, तो जीवन में आगे आने वाली प्रतिकूल परिस्थितियों में संबल मिलता है | और सुखद किस्सों को सुनकर जीवन एक अमूल्य तोहफ़े सा लगता है | अत: अनुभव चाहे अच्छा हो

या बुरा, दोनों ही दशाओं में कुछ न कुछ सिखाकर जाता है |

मैं अपने आस पास ऐसी कितनी ही घटनाओं और किस्सों को बचपन से देखती और सुनती आई हूँ, जिनमें से कुछ मेरी ज़िंदगी पर अत्यंत प्रभावकारी रहे | इस संग्रह में मैंने उन्हीं किस्सों को कहानियों का रूप देने का प्रयास किया है, जिनमें अनेक मानवीय संवेदनाओं का अद्‌धभुत एहसास छिपा है | आज के इस बदले समाज में इंसान पैसे और झूठी शान के पीछे इतना खो गया है, जहाँ उसको इसके आगे कुछ दिखाई नहीं देता और वो दुनिया के सामने एक बनावटी चेहरे को लेकर घूमता है | वहीं कुछ लोग बनावटी चेहरे अपना दर्द छिपाने के लिए रखते हैं इसी दुनिया के सामने | अंतत: आज का मनुष्य केवल एक आदमी होने का ढोंग रचकर अपना जीवन जी रहा है | यही इस संग्रह का मुख्य विषय है |

मेरा यह कहानी संग्रह मेरे परम् पूजनीय पिताश्री (गोलोकवासी) को समर्पित है | इनमें से कई किस्से उनके द्वारा ही मैंने श्रवण किये | इन कहानियों में अच्छे और बुरे दोनों अनुभवों का मिश्रण है | मुझे तो इनसे प्रेरणा, होंसला, और मार्गदर्शन मिला ही है, आशा करती हूँ, आप सभी को भी इनसे एक अद्‌धभुत एहसास का अनुभव अवश्य होगा |

इसी विश्वास के साथ आपकी -

डॉ. सोनिया गुप्ता

भूमिका

❦

"आदमी बने रहने का ढोंग" पेशे से चिकित्सक और व्याख्याता लेखिका/ कवयित्री, डॉ. सोनिया गुप्ता द्वारा रचित प्रथम कहानी संग्रह है। डॉ. सोनिया गुप्ता कहानियों के अतिरिक्त कविता, गीत, ग़ज़ल, गीतिका, लघुकथा और लेख आदि साहित्य की सभी विधाओं में लिखने के साथ साथ सोशल मीडिया पर भी सक्रिय रहा करती हैं । इनका चौथा हिंदी काव्य संकलन "कुछ अनकहे एहसास "हाल ही में प्रकाशित हुआ है ।

डॉ. सोनिया गुप्ता की कहानियों को पढ़ कर ऐसा लगता है मानो वे यथार्थ और आदर्श दोनों का दामन थामे हुए मानवीय संवेदना को दस्तक दे रही हों और यही संवेदना मानवीय मूल्यों, बनते बिगड़ते इंसानी रिश्तों, सामाजिक सरोकार और न्याय के प्रति उनकी आस्था और सहानुभूति को भी बखूबी समझते हुए नज़र आती है ।थोड़े मे कहा जाये तो इस संग्रह को एक आदमी के पूरे वजूद, उसकी फितरत और समाज के साथ उसके व्यवहार या समाज के प्रति उसके व्यवहार को खुर्दबीन से देखने की एक सफल कोशिश कहा जा सकता है |डॉ. सोनिया के इस पहले कहानी संग्रह में तीस कहानियाँ हैं, और इन सभी कहानियों की सबसे बड़ी विशेषता यह है कि यहाँ कथा वैविध्य है, कहने का आशय यह है कि इनमें जीवन की तल्ख़ सच्चाई भी है , रिश्तों की क़शमक़श भी है, टूटते और बिखरते परिवारों का दर्द भी है ,समाज का विकृत चेहरा भी है ,स्त्री विमर्श की झलक भी है और बाल मनोविज्ञान का जीवंत चित्रण भी है ।

संग्रह की शीर्षक कहानी "आदमी बने रहने का ढोंग" आज के समाज में एक आदमी के बहरूपिये चित्रण को दर्शाती है, जिसमें एक भाई किस तरह से सुधरे हुए इंसान का दिखावा कर, अपनी बहन से पैसे ठगता रहता है, और अंत में पुलिस के हाथ आने के बावज़ूद भी उसे कोई शर्मिंदगी महसूस नहीं होती कि उसने क्या किया है | इस तरह की घटनाएँ हम अकसर इस बदले हुए समाज में सुनते हैं | और शायद यही आज के समाज की कड़वी सच्चाई भी है |

पहली कहानी "अप्रतिम भावना " जो मानवीय संवेदनाओं के कई पहलुओं को एक साथ स्पर्श करते हुए चलती है, गाँव मे आ कर खिलौने बेचने और बच्चों को मुफ़्त उपहार बांटने वाला शख़्स मूलतः एक रिटायर्ड प्रोफेसर है, जिसके अपने दोनों बेटे डॉक्टर हैं ,पर उसने अपने घर में पोते पोतियों की किलकारियाँ नहीं सुनी हैं और बच्चों के प्रति उसका यही असीम लगाव उसे यहाँ तक खींच कर लाता है ।इसके साथ ही उसका यह कहना कि शहरों मे वो रौनक नहीं है जो यहाँ है और उसका एक ही पेड़ के नीचे बैठना, यह सब हमें बहुत कुछ सोचने पर विवश करता है ।अगर थोड़े मे कहा जाये तो यह पूरी कहानी जिस कथ्य के सहारे आगे बढ़ती है वहाँ निहित संदेश बिलकुल स्पष्ट है और लेखिका ने भी पूरी ईमानदारी के साथ अपनी बात रख दी है।

संग्रह की एक और कहानी है "दगेबाज़ी" जिसमें लेखिका ने कहानी की नायिका 'सुधा' के माध्यम से आज साहित्य की दुनिया में जिस तरह की जोड़ तोड़ या तिकरम बाजी चल रही है उसकी एक बानगी प्रस्तुत करने की कोशिश की है।सुधा एक उभरती हुई लेखिका है जिसकी रचनाओं को उसकी माता जी के सहकर्मी शर्मा जी अपनी कार्यालयीन पत्रिका मे छापने के बदले अपनी पत्नी के नाम से किसी अन्य पत्रिका /दैनिक समाचार पत्र में प्रकाशित करा लिया करते हैं और जब इसकी पोल खुलती है तो उनकी नौकरी ही खतरे मे पड़ जाती है ।ऐसी घटनाएँ आज बिलकुल आम हो गई हैं और ऐसे विषय पर लिख कर लेखिका ने समय की नब्ज़ को अपने कथा साहित्य में पकड़ने की यथा संभव कोशिश की है जिसका आशय यही है कि ऐसे भ्रष्ट आचरण वाले कुछ लोग पूरे समुदाय या समूह को बदनाम कराते हैं जिसका खामियाजा एक नए लेखक या लेखिका को भुगतना पड़ता है ।

वैसे तो इस संग्रह की अधिकांश कहानियाँ सकारात्मक सोच की सार्थक कहानियों की श्रेणी मे आती हैं परन्तु "हिम्मत की जीत" शीर्षक कहानी इस संग्रह की एक महत्वपूर्ण रचना है । ज़िंदगी कई बार हमें ऐसे दोराहे पर ला कर खड़ा कर देती है जहां यह समझ नहीं आता कि अब आगे कैसे बढ़ा जाये, ऐसे में सकारात्मक सोच, आत्म विश्वास, दृढ़ निश्चय और अपनी मेहनत पर भरोसा ही फिर से आगे बढ़ने की हिम्मत देता है। मुकेश और माया की यह कहानी कुछ ऐसी ही है जहां मुकेश के व्यवसाय के नष्ट हो जाने पर उसकी पत्नी माया अपने शौक को व्यवसाय में तब्दील कर देती है और अपनी मेहनत के बल पर फिर से अपने परिवार को उसी मुकाम पर पहुंचा देती है । यहाँ दो बातें गौरतलब हैं एक तो खुद पर विश्वास और

दूसरा यह कि महिलाओं को दोयम दर्जे का नहीं समझा जाये क्योंकि परिवार की तरक्की या उसके विकास में उनका भी उतना ही योगदान रहता है जितना पुरुष का ।

इसमें कोई दो राय नहीं कि आज समाज ने काफी प्रगति कर ली है, पैसे और स्टेटस को लेकर हम काफी सजग रहने लगे हैं साथ ही इस सोच का असर हमारे दिलो दिमाग़ पर कुछ यों पड़ा है कि हम अपने संस्कार और रिश्तों की मर्यादा तक को भूल गए हैं, इसी मसले को लेकर कथा लेखिका ने एक कहानी "उन्नत समाज की विडम्बना "शीर्षक से लिखी है । इस कहानी में एक डॉक्टर पुत्र अपने माता पिता को इसलिए घर से निकाल देता है कि उसकी माँ ने अपनी बहू से कुछ काम करने को कह दिया था और फिर परिस्थितियाँ कुछ यों बनीं की बीमार पिता के ईलाज के लिए वृद्ध माँ भीख मांगने पर मजबूर हो गई । यह बात सुनने या पढ़ने मे भले ही अतिशयोक्ति लगे पर ऐसे उदाहरण हमे अपने आस पास ही देखने को मिल जाते हैं जिसे लेखिका ने बिना लाग लपेट के परोस दिया है और इस यथार्थ को परत दर परत उकेरने मे लेखिका को सफलता भी हासिल हुई है ।

डॉ. सोनिया गुप्ता के इस कहानी संग्रह मे शामिल कहानियाँ इंसानियत की राह तलाशती कहानियाँ हैं जो एक साथ कई संदेशों का पैग़ाम लिए चलती नज़र आती हैं, जिससे पाठक कहानी पढ़ने के दौरान रूबरू होता रहता है । इसके अलावा सामाजिक परिस्थितियाँ, परिवेश ,मानसिकता और व्यवस्था को देख कर कथा लेखिका की आंतरिक बेचैनी ,छटपटाहट और व्याकुलता को महसूस किया जा सकता है और यही वे तत्व भी हैं जो उनके लेखन को धारदार बनाते हैं । इस संग्रह मे शामिल "आस की दहलीज", "ख़्वाहिश बनी ज़हर", "बेटी जैसा अनमोल कोई नहीं", "सच्चे रिश्ते का मोल ","खुशी का एहसास","पहला उपवास" तथा "आदमी बने रहने का ढोंग" आदि अनेक कहानियाँ संवेदना के केंद्रीय भाव को ध्यान मे रख कर लिखी गई जान पड़ती हैं जो एहसास को लगातार दस्तक देती रहती हैं, जिससे पाठक भी अछूता नहीं रहता ।

संग्रह की अंतिम दो कहानियाँ "एक शिक्षिका का विश्वास" और "शराफ़त का फायदा" मानव मन के अंदर उठने और चलने वाले विचारों और भावनाओं और अंतर्द्वंद की तस्वीर और उससे उपजे नए तिलिस्म से परिचय कराती हैं । मानव मूल्यों के निरंतर पतन और नई विसंगतियों का प्रवाह आज हमारे सामने एक यक्ष

सहयोग के बिना यह पुस्तक शायद सम्पूर्ण हो ही नहीं पाती समय पर | आपका जितना आभार व्यक्त करूं, शायद कम होगा | आपको मेरा शत शत नमन।

मेरे प्रिय भ्राताओं, बहनों, दोस्तों और सभी हितैषियों का शुक्रिया, जिन्होंने मेरे हर छोटे बड़े कार्य को प्रोत्साहित किया |

अपनी पुस्तक के प्रकाशन हेतु मैं प्रकाशक "नोशन प्रेस" की हार्दिक आभारी हूँ जिन्होंने मुझे सम्पूर्ण सहयोग दिया | हार्दिक आभार 'ईशान' भैया का, जिन्होनें इस पुस्तक के कवर पृष्ठ बनाने में मेरा सहयोग दिया |

अंत में, मैं उन सभी का आभार प्रकट करती हूँ जिन्होंने प्रत्यक्ष और अप्रत्यक्ष रूप से मेरा प्रोत्साहन किया। आशा करती हूँ कि मेरी यह पुस्तक भी मेरी पूर्व प्रकाशित पुस्तकों की भांति सभी पाठकों को पसंद आएगी और इसको पढ़ने के बाद ये कहानियाँ, एक जीवंत साक्षात्कार के रूप में पाठकों के हृदय को अवश्य स्पर्श करेंगी और बदलते समाज के प्रति जागरूक करेंगी।

इसी विश्वास के साथ आपकी -

डॉ. सोनिया गुप्ता

लेखिका का परिचय

∽

<u>नाम:</u> डॉ. सोनिया गुप्ता

<u>पिता का नाम:</u> श्री देवेंद्र कुमार गुप्ता (बैकुण्ठवासी)

<u>माता का नाम:</u> निर्मल देवी

<u>जन्म तिथि:</u> 8.11.1982

<u>शिक्षा:</u> बी. डी. एस , एम. डी. एस

<u>व्यवसाय:</u> दंत चिकित्सक

<u>लेखन प्रारम्भ:</u> 2006

<u>निपुण भाषाएँ:</u> हिंदी,अंग्रेजी और पंजाबी

<u>काव्य विधाओं में निपुणता:</u> कविता,कहानी,गीत, ग़ज़ल, गीतिका, दोहे, छंद, मुक्तक, वर्ण पिरामिड, क्षणिकाएँ, आलेख, आदि काव्य की विभिन्न विधाओं में लेखन

∽

<u>प्रकाशित व्यक्तिगत पुस्तकें:</u>

1. जिन्दगी गुलज़ार है (काव्य संग्रह) 2015
2. उम्मीद का दीया (काव्य संग्रह) 2015
3. कभी जलते कभी बुझते चिराग़ (ग़ज़ल संग्रह) 2022
4. कुछ अनकहे एहसास (काव्य संग्रह) 2022

∽

<u>**प्रकाशित सांझा संग्रह :**</u>

1. भारत की प्रतिभाशाली हिंदी कवियत्रियाँ (काव्य संग्रह) 2016
2. प्रेम काव्य सागर (काव्य संग्रह) 2016
3. अमलताश के शतदल (काव्य संग्रह) 2016
4. ढाई आखर प्रेम के (काव्य संग्रह) 2016
5. साहित्य सागर (काव्य संग्रह) 2016
6. विहग प्रीति के (काव्य संग्रह) 2016
7. दोहा कलश (दोहा संग्रह) 2017
8. आधी आबादी के दोहे (दोहा संग्रह) 2018
9. किसलय (काव्य संग्रह) 2018
10. चुनिन्दा लघुकथाएँ (लघु कथा संग्रह) 2018

❧

<u>**अन्य प्रकाशित रचनाएँ :**</u>

काव्य की विभिन्न विधाओं में रचनाएँ, देश विदेश के अनेक समाचार पत्रों व पत्रिकाओं में प्रकाशित

❧

<u>**हिंदी साहित्य में प्राप्त सम्मान:**</u>

1. नारी गौरव सम्मान, (जे ऍम डी प्रकाशन, दिल्ली) 2016
2. प्रेम सागर सम्मान, (जे ऍम डी प्रकाशन, दिल्ली) 2016
3. साहित्य गौरव सम्मान (युवा उत्कर्ष साहित्य मंच, दिल्ली) 2016
4. वूमेन ऑफ़ द इयर सम्मान (गहमर वेलफेयर सोसाइटी, गाजीपुर) 2016
5. युग सुरभि सम्मान (वॉयस प्रकाशन, जयपुर) 2016
6. हिंदी गौरव सम्मान (युवा उत्कर्ष साहित्य मंच, दिल्ली) 2017
7. काव्य रंगोली साहित्य भूषण सम्मान (काव्य रंगोली पत्रिका, खमरिया) 2017
8. मुक्तक लोक भूषण सम्मान (मुक्तक लोक मंच, लखनऊ) 2017
9. पिरामिड शत-धनुष सम्मान (वर्ण पिरामिड मंच (दिल्ली) 2017

10. छंद शिल्पी सम्मान (कवितालोक, लखनऊ) 2018

11. मुक्तक लोक प्रेयसी सम्मान (मुक्तक लोक मंच, लखनऊ) 2018

12. काव्यार्ष सम्मान (काव्यांचल, लखनऊ) 2018

13. काव्य गोहर सम्मान (काव्यांचल, लखनऊ) 2018

14. कलम का सिपाही सम्मान (अमलताश के शतदल, गुरुग्राम) 2019

15. सरस्वती सम्मान (अमलताश के शतदल समूह, गुरुग्राम) 2019

16. फेसबुक के मंचों पर आयोजित प्रतियोगिताओं में अनेक सम्मान

17. 'मातृभारती' नेटवर्क पर कई प्रतियागोताओं में विजेता

18. 'स्टोरी मिरर' नेटवर्क पर आयोजित अनेक प्रतियोगिताओं में विजेता

अन्य रुचियाँ :

संगीत, गायिकी, सिलाई, बुनाई, कढ़ाई, चित्रकारी,कुकिंग

अन्य उपलब्धियाँ :

1. अंग्रेजी भाषा में 10 व्यक्तिगत काव्य संग्रह और 50 से भी अधिक साँझा काव्य संग्रह प्रकाशित तथा अनेक साहितियक सम्मान प्राप्त |

2. इनकी अंग्रेजी की काव्य पुस्तकों में इनके स्वयं के बनाए स्केच और पेंटिंग्स शामिल हैं |

3. अनेक पेंटिंग्स को विभिन्न पत्रिकाओं के कवर पेज पर स्थान मिला |

4. 2012 में अपने कॉलेज में टी - शर्ट पेंटिंग में प्रथम पुरस्कार |

5. दंत विभाग से जुड़े कई आलेख राष्ट्रीय और अंतराष्ट्रीय स्तर पर प्रकाशित |

<u>सम्पर्कः</u>

- <u>वर्तमान / स्थायी पता</u>: #95/3, आदर्श नगर , डेरा बस्सी , जिला: मोहाली-पंजाब-140507
- <u>मोबाइल नं</u>: 6280420736
- <u>ई मेल</u>:Sonia.4840@gmail.com, drsoniagupta82@gmail.com
- <u>फेसबुक आई डी</u>: 100004964983747@facebook.com
- <u>फेसबुक पेज</u>: https://www.facebook.com/sonia4840/
- <u>ब्लॉग</u> : http://drsoniablogspot.blogspot.in/
- <u>यूट्यूब चैनल</u>: https://www.youtube.com/channel/UCKF2jM5P8VDjZ9fBZLBTRHA
- <u>इंस्टाग्राम आई डी</u>:https://instagram.com/gdrsonia?igshid=YmMyMTA2M2

आदमी बने रहने का ढोंग

कहानी संग्रह

डॉ. सोनिया गुप्ता

बाबा बोले, "हाँ, मैं रिटायरड प्रोफेसर हूँ, सरकारी कॉलेज से | मेरे घर में कोई तंगी नहीं | दो बेटे हैं, दोनों डॉक्टर | मुझे मेरे बेटे काम करने से मना करते हैं, पर मैं इसमें आनंद की अनुभुति महसूस करता हूँ" |

"फिर आप ये ख़िलौने ही क्यों बेचते हैं ? आप कुछ और भी कर सकते हैं काम "? बच्चे का अगला स्वाल था...और आप मुफ़्त में ही ये बच्चों को जो उपहार देते हैं वह क्यूं ?

बेटे, इसके पीछे एक कारण है | मेरे घर में बच्चों की किलकारियाँ नहीं सुनती | मेरे कोई पोता पोती नहीं, इतने साल हो गये | मैं तुम सब बच्चों में उन्हीं की झलक देखता हूँ, तुम सबकी किलकारियों में उन अनसुनी आवाजों को महसूस कर लेता हूँ | और ये ख़िलौने देकर मुझे सुखद एहसास होता है | मुफ़्त में उपहार भी मैं स्नेहवश बाँट देता हूँ, तुम सब बच्चों की भोली सूरत, निश्छल मुस्कान और मासूम बातें मेरे बूढ़े हृदय को शांति प्रदान करती हैं |
"और बाबा आप शहर से यहाँ गाँव आते हैं रोज़, वहीं क्यूँ नहीं बेचते खिलौने" बच्चे ने तोतली सी आवाज़ में पूछा |

बाबा मुस्कुरा उठे " बेटा, शहर में वो रौनक नहीं, जो यहाँ गाँव में है, वहाँ तुम जैसे नन्हे मुन्ने चेहरे नहीं दिखते, बच्चे वहाँ भी हैं, पर उनमें वो मासूमियत नहीं जो तुम सबमें है, वे शहरी चमक धमक की भीड़ में खोये रहते हैं और इन खिलौनों का मोल नहीं समझते" |
बच्चे का मन उनकी बातें सुनकर बड़ा भावुक हो उठा और वह बोला "आपकी भावना को सलाम बाबा" | एक बात और जाननी थी आपसे "आप हमेशा इसी नीम के पेड़ तले क्यूं बैठते हैं ? चाहे कोई भी मौसम हो "?

"अरे बेटा यह पेड़ नहीं, एक ऐसा मित्र है जिसने मुझे अपनी हरी हरी पत्तियों की छाया दी | और इसको नन्हें से बीज से मैनें ही अंकुरित कर इतना बड़ा किया | यह मेरी औलाद से कम नहीं | इसलिए मैं हमेशा इसी के साये तले बैठता हूँ, चाहे कुछ भी हो जाए, इसका साथ नहीं छोड़ता | यहाँ इस गाँव में आने का एक विशेष कारण यह भी है |

बच्चा निःशब्द...बिना कुछ आगे पूछे आँखों में आंसूं लिए चल पड़ा, उसका हृदय बस बूढ़े बाबा और उस नीम के पेड़ के बारे में ही सोचे जा रहा था | उस नन्हें से बालक ने उस बूढ़े की कहानी और भावना पूरे गाँव में फैला दी और आज सभी उनसे मिलने विशेष आते हैं, उसी नीम के पेड़ तले |

2
दगेबाजी

सुधा को लिखने का बहुत शौक था | उसका ख़्वाब था कि एक दिन उसकी लिखी रचनाएँ प्रकाशित हों | वो लिखती रही और एकत्र करती रही | सुधा के घर में सबको पता था कि उसको लिखने का शौक है, पर वे उसको इतनी प्राथमिकता नहीं देते थे | उन्हें लगता था, चल ये तो ऐसे ही अपना टाइम पास कर लेती होगी | सुधा की माँ, 'संध्या' सरकारी महकमे में नौकरी करती थी, उनके ऑफिस की एक हिंदी पत्रिका निकलती थी |

एक दिन ऐसे ही सुधा की माँ अपने सहकर्मी मित्रों से बात कर रही थी किसी विषय पर| बात करते करते चर्चा लेखन पर आ गयी | संध्या बोली, 'मेरी बेटी भी पता नहीं कुछ कुछ लिखती रहती है, और बोलती रहती है, 'कहीं छप जाए मेरी रचनाएँ' | बस बच्चे तो ऐसे ही बोलते रहते हैं' |

"अरे, ये तो अच्छी बात है, आप उसकी रचनाएँ हमारे ऑफिस की पत्रिका में दीजिये, आपके पास इतना सुनहरा अवसर है, शर्मा जी से बात करिये, वे बताएंगे कैसे भेजनी हैं, उनके पास चार्ज है उस पत्रिका का" संध्या की एक सहेली बोली |

"अच्छा, मुझे तो मालूम ही नहीं था इस बात का, खैर, छोड़ो, वो तो ऐसे ही बोलती रहती है, रहने दो, उसकी पढ़ाई पर असर पड़ेगा", संध्या बोली |

"अरे नहीं संध्या जी, ये क्या कह रही हैं आप ?, बच्चों को प्रोत्साहित करना चाहिए हमेशा, क्या पता कहाँ जाकर उनकी किस्मत चमक जाए"

"ठीक है, देखती हूँ ", संध्या ने उत्तर दिया |

संध्या पत्रिका के अध्यक्ष, शर्मा जी से मिली और उनको सारी बात बताई | वे बड़े खुश हुए | उन्होंने संध्या को बोला "अपनी बेटी को बोलना कुछ रचनाएँ लिखकर कल भेजे"|

"जी ज़रूर सर" संध्या ने उत्तर दिया |

घर जाकर संध्या ने सुधा को बताया | वह तो ख़ुशी के मारे उछल गयी | तुरंत अपनी डायरी निकाली, और 4 -5 रचनाएँ एक कागज़ पर लिख दी, "लो माँ ये दे देना उनको, और बोलना कि जल्दी छाप देंगे", माँ को जफ्फी डाल कर कूदती उछलती चली गयी अपने कमरे में |

अगले दिन संध्या जब काम पर जाने लगी, सुधा एक दम बोली "माँ, वो याद से रख ली न मेरी रचनाएँ"?

हाँ, हाँ, डाल ली, चल अब मैं जा रही हूँ, देर हो रही है |

संध्या ऑफिस पहुंची और उसने शर्मा जी को सुधा की रचनाए दे दी, "लीजिये सर, देख लीजियेगा और यदि कुछ कमी हो तो बताईयेगा"

"जी अवश्य", शर्मा जी बोले | जब शर्मा जी ने उसकी रचनाएँ पढ़ी, उनको बेहद पसंद आयी, पर वे चुप रहे |

थोड़ी देर बाद, उन्होंने संध्या को बोला "आपकी बेटी ने अच्छी लिखी हैं रचनाएँ, पर थोड़ी और बेहतर हों तो अच्छा रहेगा, उस से बोलिये और भेजेगी, यह पत्रिका अंतर्राष्ट्रीय स्तर की पत्रिका है, अच्छी रचनाओं को प्राथमिकता दी जाती है इसमें" | "जी, ठीक है", संध्या बोली |

संध्या ने सुधा को बताया, और उसने और रचनाएँ भेज दी | परन्तु शर्मा जी ने फिर से बोला, कि और बेहतर लिखे |

इस बार सुधा ने और रचनाएँ भेज दी | शर्मा जी ने उस में से एक रचना प्रकाशित करने की सहमति दे दी, "संध्या जी, इस बार आपकी बेटी की एक रचना प्रकाशित कर देंगे, उसको बधाई देना"| संध्या ने जाकर सुधा को बताया और सुधा बहुत ख़ुश हुई | अगले सप्ताह उसकी रचना उस पत्रिका में प्रकाशित हो गयी |

संध्या ऐसे ही शर्मा जी को सुधा की रचनाएँ नियमित देती रही, पर वे सारी नहीं प्रकाशित करते थे | संध्या को लगा चलो कोई नहीं, सुधा ने ठीक नहीं लिखी होंगी बाकी |

दिन बीत गए | एक दिन सुधा, अख़बार पढ़ रही थी, उसकी नज़र बीच के पृष्ठ पर पड़ी, जहाँ कुछ कविताएँ प्रकाशित थी | सुधा उन्हें पढ़ने लगी, पढ़ते पढ़ते उसने देखा, ये तो उसकी लिखी वही कविताएँ हैं, जो वो शर्मा जी को भेजती थी, वो तो कहते थे कि मेरी रचनाओं में कमी है, इसलिए नहीं पूरी छापते | पर ये क्या है ? उसने नीचे नाम पढ़ा तो किसी 'रचना शर्मा' का नाम था |

सुधा ने संध्या को दिखाया, संध्या बोली "अरे, ये तो शर्मा जी की पत्नी का नाम है, पर उन्होंने तुम्हारी रचनाओं को उनके नाम से क्यों छापा ?

अब समझ आई, वो तेरे से रचनाएँ मांगकर एकत्र कर रहे थे और झूठ बोलते आये कि उनमें कमी है, असली कारण तो ये है | कोई नहीं आज जाकर पूछती हूँ | तू भी आज साथ चलियो | सुधा संध्या के साथ चल पड़ी |

जब ऑफिस पहुंचे तो संध्या शर्मा जी के पास गयी | हाथ में वही अख़बार था जिसमें वो रचनाएँ थी, पर अभी उसने छिपा कर रखा |

"अरे संध्या जी, नमस्ते, और कैसी हैं ? और बेटी कैसी है ? इस बार रचना नहीं भेजी उसने कोई" शर्मा बोला |

"जी आज तो वो खुद आपसे मिलने आयी है, देखिये" संध्या बोली |

पीछे से सुधा सामने आई, "नमस्ते अंकल जी"

"नमस्ते बेटा, आज तो बहुत अच्छा किया जो आप आये यहां" |

"जी, आंटी जी की रचनाएँ देखी थी कल अख़बार में, उसकी बधाई देने आई हूँ"|

शर्मा जी के पसीने छूट गए, क्यूंकि वो सच जानते थे कि उन्होंने क्या किया |

"अरे, वो तो बस ऐसे ही थोड़ा बहुत लिख लेती है तुम्हारी तरह", पसीना पोंछते हुए शर्मा जी बोले |

"अब तो अनजान न बनिये शर्मा जी, क्यों किया आपने ऐसा, बच्चे का प्रोत्साहन करने की अपेक्षा उसके हुनर का दुरपयोग करना शोभा देता क्या आपको?" संध्या बोली | शर्मा जी शर्म से पानी पानी हो गए | संध्या ने शर्मा जी की पत्नी को भी बुलाया था उस दिन वहीं ऑफिस में |

"मैं तो इस सबसे अनजान हूँ, ये स्वयं मेरे नाम से रचना छाप देते हैं, और जब मैं पूछती हूँ तो बोलते मैंने खुद लिखी, क्षमा कीजिये संध्या जी, इनकी ओर से मैं आपसे क्षमा मांगती हूँ"|

सारे ऑफिस में हंगामा हो गया और शर्मा जी को सबने ताने दिए | उनके ऑफिस के चेयरमैन ने निर्णय लिया कि शर्मा जी को नौकरी से निकाला जाए और कानूनी कारवाही की जाए | पर संध्या की बेटी सुधा ने उनसे आग्रह किया "नहीं अंकल जी, इन्हें क्षमा कर दीजिये इस बार, माना इन्होंने गलती की, बहुत घटिया हरकत की, पर आप ये भी तो देखिये कि मुझे यह भी तो ज्ञात हो गया कि मेरी रचनाओं में कुछ दम है, तभी तो किसी ने इतना साहस किया उनको प्रकाशित करने का"| संध्या को अपनी बेटी पर नाज़ हुआ और उसने भी अपने चेयरमैन को यही आग्रह किया |

आज शर्मा काम तो वहीं करता है पर किसी से नजरें मिलाने लायक नहीं रहा अब वो, और पत्रिका के कार्यभार से भी उसको हटा दिया गया |और उधर सुधा लिखते लिखते एक दिन बहुत बड़ी लेखिका बन गयी |

'अरे ये तो आपने बहुत अच्छा सुझाव दिया, आप बात कीजिये पिताजी से इस बारे में"

उसके पति ने आगे बात की और सब कुछ सकुशलता से सम्पन्न हो गया | उसकी दोनों बहनें भी यहीं आकर बस गयी | आज सब प्रसन्न हैं |

उधर मानवी का भाई, सोनू जज बन गया और उसको शहर में नौकरी मिल गयी | रहने को बड़ा बंगला, गाड़ी और नौकर चाकर | उसने बंगले की चाबी अपने पिता को दी और बोला "लीजिये पिताजी, आपका नया घर" | आज सतीश का परिवार पूरे गाँव में सबसे अधिक शिक्षित और उन्नत परिवार बन गया | उसकी इस उपलब्धि के लिए उनके गाँव के सरपंच ने उसको सम्मानित किया और एक हवेली गाँव में उसके नाम कर दी | आज सतीश के पास क्या नहीं है, फिर भी उसने एक निर्णय लिया कि वो अपने उसी घर में रहेगा जहाँ उसने सारी उम्र बितायी अपने परिवार को यहां तक लाने में | उसने सरपंच जी से क्षमा मांगी और उनको अपने दिल की बात बताई | सरपंच की नज़रों में उसका सम्मान और बढ़ गया | अगले वर्ष सोनू का भी विवाह हो गया |

सतीश की सब समस्याएं दूर हो गयी और वो निश्चिंत अपना जीवन बिताने लगा | आखिर उसकी मेहनत रंग ले ही आई |

4

व्यवस्था का नकाब

पिंकी और सुमन बड़ी गहरी सहेलियां थी | पिंकी थोड़ी तेज स्वभाव की, चुस्त लड़की थी, जबकि सुमन सीधी साधी सी थी | दोनों में इतनी गहरी दोस्ती थी, कि हर कोई नाज़ करता था, यदि दोस्ती करनी हो तो इनसे सीखो, जान तक दे देती हैं एक दूजे पर, कौन करता है ऐसा आज के युग में |

पिंकी एक अच्छी जगह नौकरी करती थी | लेकिन सुमन को नौकरी की तलाश थी | एक दिन पिंकी के बोस ने उसको कहा "किसी एक नई लड़की की जरूरत है यहाँ ऑफिस में, परन्तु कोई ऐसी हो जो कम तनख्वाह में काम करने को राजी हो जाए, तुम यदि कोई इंतज़ाम कर सको तो मैं तुम्हारी प्रमोशन कर दूंगा"|

पिंकी ने पहले तो सोचा, कि वो कहाँ से लाएगी ऐसी लड़की, फिर उसने अपने बोस को कहा "ठीक है सर, मैं कोशिश करती हूँ पता करने की, बताती हूँ आपको जल्दी"|

पिंकी घर जाकर सोचती रही, "कोई लड़की है क्या ऐसी" ? फिर उसको अपनी सहेली, सुमन का ख्याल आया, पर दोस्त के नज़रिये से सोचे तो मन में दुविधा होती कि उसको कम बगार पर कैसे रखवा दे, उस दिन उसका मन बड़ी उलझन में रहा | फिर अचानक उसका मन बदल गया| सोचने लगी "आज कल के समय में तो सिर्फ़ अपना नफ़ा देखना चाहिए, किसी का भला करने के चक्कर में अपना नफा क्यूँ खोएं ? मेरा तो फायदा होगा न, सर मेरी प्रमोशन कर देंगे | दोस्तियाँ कब तक काम आनी हैं, काम तो पैसा आता है" | और पिंकी ने निर्णय ले लिया कि वो सुमन से बात करेगी | तुरंत गयी सुमन से मिलने और उसको नौकरी के बारे बता दिया |

अगले दिन सुमन को ले गयी अपने साथ और बोस से मिलवाकर सुमन की नौकरी पक्की करवा ली | सुमन भी बड़ी खुश हुई, और पिंकी को गले से लगा लिया "मेरी सबसे अच्छी दोस्त, मेरी जान हो तुम पिंकी सच में" | पिंकी मन ही मन मुस्करा रही थी | जैसे ही सुमन अपने काम में लग गयी, पिंकी अपने बोस के पास गयी, और पूछने लगी "तो फिर सर, मेरा प्रमोशन कब कर रहे हैं?" उसके बोस ने उसकी बात को अनदेखा सा कर टाल दिया और कुछ काम दे दिया| थोड़ी देर बाद वो फिर जाती है, फिर से कोई जवाब नहीं मिलता | घर जाकर बड़ी सोच में पड़ जाती है वो और सारी रात उसको नींद नहीं आती |

अगले दिन वो फिर अपने बोस से पूछती है "सर, अब तो मैंने आपकी शर्त पूरी कर दी, आप ने बताया नहीं, कब करेंगे मेरी प्रमोशन"? उसका बोस अब बोल ही पड़ा "कैसी प्रमोशन? पहले कुछ काम करके दिखाओ, तब मिलेगी प्रमोशन"|

"पर सर" ....

"क्या सर, सर लगा रखा है, सुनाई नहीं दिया तुम्हें, वो तो मुझे पता था कि तुम्हारी सहेली भी खाली बैठी है, नौकरी के लिए, इसलिए तुम्हारे साथ यह चाल चली, और देखो तुम लालच में आकर मान भी गयी" पिंकी का बोस बोला |

पिंकी हैरान रह गयी यह सब सुनकर, और बस बोस के चेहरे की तरफ देखती रह गयी | उसकी आँखों से आंसूं टपकने लगे और अपनी सहेली को धोख़ा देने का उसको मन ही मन पश्चाताप होने लगा |

सुमन पिंकी को रोता देख अपने केबिन से बाहर आई और पिंकी को पूछने लगी "क्या हुआ पिंकी, क्यों रो रही हो?"

पिंकी ने झट से सुमन को गले लगा लिया, पर कुछ कहने की हिम्मत न जुटा सकी और वहाँ से चली गयी | पिंकी का दम घुटने लग गया था उस ऑफिस में काम करके अब, अपनी गलती का पश्चाताप उसको मन ही मन खोखला किये जा रहा था | उसने इस्तीफ़ा देने का निर्णय ले लिया |

सुमन ने उसको बहुत रोका पर पिंकी नहीं मानी| और एक दिन पिंकी ने हिम्मत

कर सुमन को सब सच बता दिया | सुमन ने फिर भी पिंकी को कुछ नहीं कहा "अरे, तो क्या हुआ सखी, नौकरी तो तुमने ही दिलवाई न मुझे, अगर तुम्हारा खुद का फायदा सोचा तुमने तो कुछ ग़लत नहीं किया, चल अब आँसूं बंद कर और एक अच्छी सी मुस्कुराहट दे" | सुमन और पिंकी दोनों एक दूसरे के गले लग गए "मुझे माफ़ कर दे सुमन", पिंकी बोली | और सुमन उसको और ज़ोर से गले लगाकर बोली "फ्रेंड्स फॉरएवर"|

5

हिम्मत की जीत

मुकेश एक बहुत बड़ा बिजनेसमैन था | उसका अच्छा ख़ासा काम था और सारे इलाके में एक नाम था | उसने अपनी मेहनत और लगन से ये मुकाम हासिल किया | मुकेश का कारखाना कभी खाली नहीं रहता था | रात को भी कर्मचारी वहां काम करते थे |

एक रात, मुकेश के मन में आया, आज मैं यहीं कारखाने में रहकर देखता हूँ, काम काज कैसा चल रहा है | मुकेश उस रात वहीं रुका | उसका परिवार किसी पारिवारिक आयोजन में गया हुआ था |

रात को सभी कर्मचारी काम कर रहे थे, और मुकेश कारखाने का ब्यौरा कर रहा था | अचानक से वहां तारों की शॉर्ट सर्किटिंग हो गयी, जिसकी वजह से सारे कारखाने में आग लग गयी | मुकेश समेत कितने ही कर्मचारी दुर्घटनाग्रस्त हो गए | किसी किसी के तो हाथ, पाँव तक ज़ख्मी हो गए | मुकेश भी बुरी तरह घायल हो गया | उसको बहुत चोटें आयी | उधर उसके परिवार को जब ख़बर मिली, तो सब भागे आए | मुकेश और सभी जख्मी मजदूरों को अस्पताल में भर्ती करवाया |

मुकेश का बहुत नुक्सान हुआ, बहुत कर्जा चढ़ गया उस पर | उनका सारा पैसा, उसके ईलाज पर लग गया | मज़दूरों के परिवार वाले भी आकर दुहाई दे रहे थे | मुकेश अस्पताल के बिस्तर पर कितने महीने यूँ ही पड़ा रहा | उनके किसी मित्र, रिश्तेदार या जानकार ने उनकी कोई मदद नहीं की | पर उसकी पत्नी 'माया' ने हिम्मत नहीं हारी | दर्द उसको भी बहुत था इस सबका, परन्तु वह हमेशा मुकेश

के सामने मुस्कुराकर जाती और हमेशा यही बोलती "आप चिंता न करो, सब ठीक हो जाएगा, कभी कभी वक्त ऐसा होता है "| मुकेश मायूस सा चुप चाप उसकी ओर देखता रहता |

माया ने एक दिन सोचा, कि क्या करूँ ऐसा जो मुकेश के काम में कुछ मदद कर सकूँ | बिज़नेस तो मुझे आता जाता नहीं |

तभी कोई पड़ोस से उसके घर आया "नमस्ते भाभी जी"

"जी नमस्ते, कहिये कैसे आना हुआ?"

"मैं ऐसे ही गुज़र रहा था, सोचा भाई साहब का हाल पूछ लूँ "

माया ने कहा "जी शुक्रिया, बस अभी तो अस्पताल में ही हैं, आशा है, जल्दी ठीक होकर आएँगे वापिस"

माया ने रसोई की ओर देखा, और उठकर गयी, "लीजिये ये बरफी खाइये"

"अरे नहीं, भाभी जी, फिर कभी"

"अरे खाइये भाई साहब, स्वादिष्ट लगेगी आपको"

जैसे ही उसने वो बरफ़ी का एक टुकड़ा मुंह में डाला, उसको आनंद आ गया | वो पूछने लगा "भाभी जी ये कहाँ से मंगाई आपने ? ऐसी तो किसी दुकान पर नहीं मिलती हमारे यहां"

"जी ये दुकान से नहीं, मैंने खुद बनाई है"

"आपने खुद, अरे वाह, ये तो बहुत स्वादिष्ट है "

जी शुक्रिया, बस थोड़ा बहुत कुकिंग का शौक है, कर लेती हूँ |

उस पड़ोसी ने ऐसे ही हँसते हुए बोल दिया "अपना बिज़नेस खोल लीजिये खाने का,

"फिर, फिर कैसे आएगा तू मेरे साथ ?"

निखिल मायूस हो गया और चुप हो गया |

"अच्छा एक बात बता, क्या तुझे सच में अपना सपना सच करना है" ? वो आदमी बोला |
    "हाँ चाचा, सच मुच, मैं कुछ भी कर सकता हूँ इसके लिए"|

"चल फिर करते हैं तेरा सपना पूरा", आदमी बोला |
    पर देख तुझे मेरी एक शर्त माननी होगी "तुझे किसी को नहीं बताना मेरे बारे में, या हमारी योजना के बारे में, नहीं तो कोई तुझे जाने नहीं देगा"|

"हाँ, ठीक है चाचा, बताइये क्या योजना है?"

"ठीक है, फिर तू आज रात को यहीं इसी कुँए के पास आ जाइयो, बिना किसी को बताए" |
    "ठीक है चाचा, मैं आ जाऊंगा" |

आदमी ने निखिल को समय बताया और चला गया |

निखिल समयानुसार रात को वहां पहुंच गया, बिना किसी को बताए, बस वो एक ख़त छोड़ आया था अपने माँ बाप के नाम "माफ़ करना माँ-बापू, मैं मुंबई जा रहा हूँ, अपना सपना साकार करने, यहां रहकर मेरा सपना पूरा नहीं होगा, आज मुझे कोई मिला जो मुझे मुंबई ले जाएगा, मानो वो भगवान का ही रूप बनकर आया है"

वो आदमी आया, वैसे ही नकाब ओढ़े, और निखिल को अपने ट्रक में बिठाकर ले गया |

रास्ते में निखिल पूछता रहा "चाचा कितनी देर में पहुँचेंगे?"

"बस पहुँचने वाले हैं, सब्र रख"

जैसे ही मुंबई की सीमा पर पहुंचे, ऊँची ऊँची मंजिलें देखकर निखिल प्रफुल्लित हो उठा, उसका मन अंदर से विभोर हो गया, मानो उसने पता नहीं क्या देख लिया |

थोड़ी देर में वे मुंबई पहुँच गए और वो आदमी निखिल को एक जगह ले गया, जहां एक अँधेरा सा बंगला था, जिसमें फ़िल्मी हीरो के चित्र लगे हुए थे दीवारों पर |

"ये देख, तेरे भी चित्र ऐसे ही होंगे एक दिन यहां" |

निखिल हाथ से छू छू कर देख रहा था, एक एक तस्वीर को |
    "चल अभी तू सो जा, सुबह मिलवाऊंगा तुझे फिल्म के डायरेक्टर से, मेरा ख़ास दोस्त है वो" |
    निखिल ख़ुश होकर सो गया | सुबह हुई और उसने आदमी से पूछा "चाचा कब जाना है?"

आदमी बोला "वो यहीं आ जाएगा, मेरी बात हो गयी, बस जैसा रोल देगा कर लेना"

"अरे हाँ चाचा, चिंता न करो, कर लूंगा" |

थोड़ी देर में उस आदमी का मित्र आया और वैसे ही नकाब ओढ़े | उसके हाथ में बंदूक थी और कुछ हथियार | उसने निखिल की तरफ देखा "अच्छा ये है वो बच्चा, जो हीरो बनना चाहता है"|

"जी मैं ही हूँ "

"ये तो बड़ा छोटा सा बालक लगता है"

"जी मेरी उम्र केवल १० बरस है "

"रोल कर लेगा, जो मिलेगा?"

"जी, बताईये क्या करना है?"

आदमी ने बंदूक निखिल के हाथ में पकड़ाई और बोला, ये चलानी है |

"ये? ये कैसा रोल है?" निखिल बोला

"हाँ अभी शुरवात में यही रोल करना पड़ेगा, ये मुंबई है, यहां इतनी आसानी से नहीं मिलता रोल "

"ठीक है, चाचा"

निखिल के हाथ में बंदूक पकड़ाकर उसने उसको वो चलानी सीखा दी | और कब निखिल एक आतंकवादी बन गया, उसे पता ही न चला |

जब निखिल बड़ा हुआ, तो उसको सच्चाई का पता चला और उसको समझ आया कि इन लोगों ने उसकी मासूमियत का फायदा उठाकर उसे इस दलदल में डाल दिया | पता नहीं उसके हाथों कितने खून हुए, कितने लोगों के घर टूटे |

एक दिन निखिल ने ठान ली, कि इन सबको खत्म कर देगा वो और उसने ऐसा ही किया | उसके बाद निखिल ने अपना काफिला बनाया, आतंकवादी का धब्बा तो लग ही गया था उसपर, अब वो गाँव भी नहीं जा सकता था वापिस| उसने उस दिन से प्रण लिया कि अगर उसकी बंदूक उठेगी तो किसी की रक्षा के लिए, किसी के भले के लिए, अन्यथा नहीं |

निखिल जैसे कितने ही बच्चों की ज़िंदगी उन लोगों ने ख़राब कर दी | मासूम बच्चे दूसरों के छल को समझ नहीं पाते | निखिल की ज़िंदगी का मकसद अब एक ही था "आतंकवाद का जड़ से विनाश "|

7

माँ की ममता

शोभा आज सुबह से ही बड़ी विचलित सी नज़र आ रही थी अपनी बेटी सुमन को लेकर | एक तो सुमन का उपवास था उस दिन और उसकी तबियत भी थोड़ी ख़राब थी | पर उसका कॉलेज जाना बहुत ज़रूरी था | सुबह से ही शोभा शुरू हो गयी "बेटा आज मत जा, घर पर ही आराम कर ले, तेरी तबियत भी ठीक नहीं, पता नहीं मेरा मन क्यों घबरा रहा है, जैसे कोई अनहोनी सी होने वाली हो"

"अरे माँ, क्या तुम भी, तुम्हें पता है मेरा जाना कितना ज़रूरी है आज, मेरा सेमिनार है, और उस टीचर का तुम्हें पता ही है, अगर नहीं गयी तो क्या हाल करेगी वो मेरा, आराम तो मैं आकर भी कर लूँगी, पर उसकी डाँट नहीं सह सकती, उससे अच्छा तो मैं जैसे तैसे चली ही जाऊँगी" |

"पर बेटा, ध्यान से जाना, मेरे को चिंता हो रही तुम्हारी" |

"अरे माँ तुम तो ऐसे कर रही हो जैसे मैं कोई पहली बार बाहर जा रही हूँ घर से, चलो समय हो रहा है, जल्दी से नाश्ता कर लूँ, फिर बस भी पकड़नी है" |

सुमन जल्दी से नाश्ता करके चली गयी |

शोभा उसको बार बार फ़ोन करती रही और उसका हाल पूछती रही |

कॉलेज जाकर सुमन ने शोभा को बताया "माँ, मैं ठीक ठाक पहुँच गयी हूँ, तुम चिंता न करना"|

सुमन का सेमिनार हो रहा था, उसका फ़ोन बज रहा था, जबकि वो साइलेंट पर था, सुमन समझ गयी थी कि माँ ही कर रही होगी | सेमिनार के बाद, सुमन ने देखा तो माँ का ही फोन आया हुआ था |

"अरे माँ, इतने सारे कॉल्स? मेरा सेमिनार चल रहा था, इसलिए नहीं उठा सकी"

"अच्छा, तू ठीक तो है न बेटा ?"

"हाँ माँ, बिलकुल ठीक और सेमिनार भी ठीक हो गया" |

"अच्छा ऐसा करियो, कल की छुट्टी ले आइयो, आराम कर लियो थोड़ा" |

"अरे माँ, कल की कल देखती हूँ, चलो अब फ़ोन रखती हूँ "

सुमन ने फ़ोन रखा और सोचने लगी आज माँ को क्या हो रहा है, रोज़ तो इतने फोन कभी नहीं करती | सुमन अपनी क्लास लगाने चली गयी

छुट्टी का समय हो चला | माँ ने फिर फ़ोन करके हाल पूछा |

सुमन ने फिर कहा, "सब ठीक है, निकल रही हूँ बस कॉलेज से" |

रोज़ की तरह सुमन जैसे ही बस लेने को सड़क पार करने लगी, एक ऑटो वाला बड़ी तेज रेस में आया और सुमन को टक्कर मारकर चला गया | बेहोश होकर वो सड़क पर गिर पड़ी, पर किसी ने उठाया तक नहीं | कुछ समय बाद जब होश आया, तो उसने अपने मुख से एक ही नाम लिया "माँ" |

अचानक वही बस आ गयी जिसमें सुमन अकसर जाया करती थी | उस हालत में देखकर, बस के कंडक्टर ने उसे सहारा देकर बस में बिठाया और पूछने लगा, "ये सब कैसे हुआ ? उसके मुंह से आवाज़ नहीं निकल पा रही थी, उसने इशारे से बोला 'पता नहीं, मैं बेहोश पड़ी थी", कंडक्टर ने सुमन से कोई नंबर माँगा घर में से किसी का, पर वो बोल कहाँ पा रही थी, और उसका फ़ोन भी गिर कर ऑफ हो गया था | उसने सुमन को सीट पर बिठाया | सुमन के घर आने पर कंडक्टर ने बस रुकवाई

और उसको घर तक छोड़ने उतर गया, ड्राइवर को बोलकर |

जैसे ही सुमन घर के बाहर गली में प्रवेश करने लगी, उसने एक अजीब सा दृश्य देखा, उसकी माँ गली के बाहर बैठी थी इतनी गर्मी में | सुमन और कंडक्टर दोनों हैरान हो गए उसकी माँ को देखकर | कंडक्टर ने सारा हाल बताया उसकी माँ को और सुमन झट से माँ की गोद में गिर पड़ी, "माँ तुम सच कह रही थी आज सुबह "मत जा, तुम्हें कैसे पता लग गया कि आज कुछ होने वाला है, मैंने तो फ़ोन भी नहीं किया तुम्हें"|

माँ की आँखों से आंसू निकल पड़े, बेटा, "'माँ' शब्द ही ऐसा होता है, जो अपने बच्चों पर आने वाले हर संकट का आभास उसको पहले ही हो जाता है, मुझे सुबह से ही कुछ अजीब से ख्याल आ रहे थे, इसलिए मना कर रही थी तुझे, अब देख वही हुआ"
|

शोभा ने कंडक्टर का शुक्रिया किया और सुमन को सीधे डॉक्टर के पास ले गयी | डॉक्टर ने एक्स - रे किया, तो पाँव की हड्डी टूटी हुई थी | "इनको पलस्तर चढ़ाना पड़ेगा, दो महीने के लिए"|

पलस्तर चढ़ाया और सुमन को घर लाये | सुमन बस माँ के गले लगे रोये जा रही थी, "माँ देख लो तुम कह रही थी न, कल की छुट्टी ले आइयो, देख लो अब कितनी लम्बी छुट्टी लेनी पड़ेगी, मैंने तुम्हारी बात क्यों नहीं मानी" और माँ ने ममता से सराहा सुमन को "चल अब ज्यादा न सोच, जो होना था, हो गया, मैं कबसे यहां खड़ी तेरी राह देख रही थी, सुबह से कुछ न खाया, न पीया, बस तेरी कुशलता की कामना करती रही, कोई नहीं, पलस्तर ही है न, और कोई नुक्सान तो नहीं हुआ न मेरी बेटी को, ये दो महीने तो ऐसे निकल जाएंगे जैसे हवा चलती है, तेज बहाव से"
|

दोनों माँ बेटी भावुकता में खोये रहे | आज सुमन ने माँ शब्द की गहराई को और अच्छे से समझा | उसने सच में महसूस किया "माँ"शब्द का वास्तविक अर्थ, माँ कैसे जान लेती हो तुम बिन कहे सब व्यथा अपने शिशु की?? अद्भुत हो तुम, अद्भुत है तुम्हारी ममता |

"कहाँ है वो"? इंस्पेक्टर ने पूछा

"जी, भाई काम पर गया है सुबह से"।

"काम ? कौन सा काम?..इंस्पेक्टर ने पूछा। तुम्हारा भाई जो कम करता है, हमें सब ज्ञात है। जुए के नशे में डूबा रहता है हर पल, कल एक आदमी का कत्ल करके भाग आया"।

कविता ने कहा "नहीं आपको कोई गलतफैमी हुई है सर, मेरा भाई अब बदल चुका है, उसमें एक दम बदलाव आया है, एक शैतान से आदमी का परिवर्तन"। इंस्पेक्टर हँस पड़ा और बोला "आदमी बनना तो विवशता थी उसकी, न बनता तो पैसे कहाँ से ऐंठता तुमसे ? जाओ जाकर पता करो कि किस गर्त में डूबा है वो और मिलने पर सूचित कर देना हमें, हो सकता है तुम्हारी कुछ मदद कर दें हम"। सुनकर कविता की हैरानगी की सीमा न रही और वो हक्की बक्की रह गयी।

उसको मनोज के दोस्तों से मालूम हुआ कि मनोज सच में कल किसी का ख़ून करके भाग गया है। उसने किसी तरीके से मनोज का पता लगाया और पुलिस को सूचित किया।

"क्यों किया तुमने ऐसा भाई? इतना बड़ा धोख़ा ? तुमने तो कहा था तुम बदल गए हो , नया काम करने लगे हो, अब बुरी संगत में नहीं जाओगे " कविता रोती चिल्लाती बिलखती रही।

"बदल और मैं ? वो तो तेरे से पैसे हड़पने थे मुझे, ऐसे थोड़े मेरे काबू आती तू, कौन भाई? कैसी बहन, मनोज का केवल एक ही रिश्ता है, पैसा " नशे में धुत मनोज हँसते हुए बोला।

पुलिस उसे पकड़ कर ले गयी और कविता अपनी किस्मत पर रोती रही। "माँ, बाबूजी मुझे क्षमा कर दीजिये, शायद मैं अपनी ज़िम्मेदारी ठीक से नहीं निभा सकी"।

रोती रही, पर कोई न था उसके आँसू पोंछने वाला वहाँ | घर जाकर ममता को सब बताया और दोनों बहनें पत्थर की तरह ख़ामोश बैठी रही |

कविता के पास इतने पैसे भी न थे कि मनोज की जमानत करवा सके | उसने पुलिस से आग्रह किया कि उसके भाई को इस बार माफ़ कर दें, पर मनोज पर कत्ल का इल्ज़ाम था, पुलिस ने उसे छोड़ने से इंकार कर दिया | मनोज पर मुक्कदमा चला और उसे 10 बरस की कैद सुनाई गयी |

९

कब से देखा ख़्वाब

धीरज को गाने का बड़ा शौक था | वो बचपन से ही गुनगुनाता रहता था अपनी ध्वनि में | एक दिन अपनी माँ से बोला, "माँ, मैं एक दिन बहुत बड़ा गायक बनना चाहता हूँ "| माँ मुस्कुराकर बोली "हाँ बेटा, क्यों नहीं, पर तुझे घर के हालात तो पता ही हैं, मुझसे जितना बन पड़ेगा, करुँगी तेरे लिए" | माँ ने धीरज को गोद में बिठाया, और उसका माथा चूमा |

धीरज एक बहुत ही ग़रीब परिवार से था | उसका पिता नशे में सारे पैसे उड़ा देता था और कोई काम काज नहीं करता था | माँ ही थी जो दिन रात मेहनत करके घर का गुज़ारा करती थी | वो बिस्कुट बनाकर बेचती थी | धीरज सिर्फ़ ७ बरस का था, पर उसमें समझ बहुत थी | हर रात वो अपनी माँ के पाँव दबाता, और सब कामों में उसकी मदद करता था | उसकी माँ के पास केवल दो-तीन जोड़ी कपडे थे, चप्पल भी टूट गयी थी, और उसकी कमर में भी बहुत दर्द रहता था काम की वज़ह से | धीरज बोलता था "माँ, तू चिंता न कर, एक दिन तेरे सारे दुःख दूर हो जाएंगे, जब मैं बड़ा आदमी बन जाऊँगा"|

धीरज हाथ में बनावटी माइक लिए गाता रहता था | वो किसी बड़े स्टेज या प्रोग्राम में कभी भाग नहीं ले पाया अपने प्रतिकूल समय की वज़ह से | बेचारा देखता ही रहता था, दूसरे बच्चों को, जब वे बड़े बड़े मैडल लाया करते थे | फिर भी उसने अपना ख़्वाब नहीं छोड़ा और लगा रहा |

एक दिन धीरज अपने गाँव के खेत में बैठा गुनगुना रहा था | अचानक गाँव के ज़मींदार ने उसकी आवाज़ सुनी और बड़ा प्रभावित हुआ | उसने धीरज से पूछा "अरे बेटा, तूने कहाँ से सीखा ये इतना अच्छा गाना, तू तो बहुत अच्छा गाता है" |

'जी, नमस्ते बाबू जी, मैंने कहीं से नहीं सीखा, बस ऐसे ही शौक से गाता हूँ' |

"तुझे तो किसी बड़ी जगह गाने का अवसर मिलना चाहिए ", ज़मींदार बोला |

"बस बाबू जी, मेरी किस्मत में कहाँ ऐसा, घर के हालात ही ऐसे हैं, आपको तो सब पता है"

ज़मींदार उसको देखकर मुस्कुराने लगा और सर पर हाथ रखा, "कोई बात नहीं बेटा, तेरा भी वक्त आएगा, मैं करूँगा तेरे ख़्वाब पूरे"|

तभी ज़मींदार को याद आया कि पिछले हफ़्ते उसने कोई सूचना पढ़ी थी, इसी तरह के किसी आयोजन की, जो बच्चों के लिए ही था, ज़मींदार तुरंत धीरज का हाथ पकड़कर उसको अपने साथ ले गया |

"अरे रामू, 'वो इश्तिहार निकाल जो पिछले सप्ताह देखा था हमने'

रामू ने उसको निकाला और ज़मींदार को उत्साह सा चढ़ गया |

अरे मिल गया, "धीरज बेटा, अब मैं तुझे यहां भेजूंगा"

"पर यहां जाना आसान कहाँ बाबूजी, पैसे लगते हैं बहुत, मेरे घर वालों के पास कहाँ इतने पैसे?" धीरज मायूस सा होकर बोला |

"तुझे क्या लेना, मैं हूँ ना, मैं खुद देख लूँगा, तू बस तैयारी कर जाने की" |रामू से कहकर ज़मींदार ने एक संगीतज्ञ के पास धीरज का दाख़िला करवाया | धीरज ने बड़ी मेहनत से संगीत सीखा और अच्छा हुनर प्राप्त किया |

अंततः वह दिन आ गया, आज धीरज को यकीन नहीं हो रहा था इतनी बड़ी स्टेज पर अपना गाना गाकर | सब बच्चों में, धीरज को सबसे अधिक अंक मिले और वो

आगे ही आगे बढ़ता गया |

एक दिन जजस ने उससे पूछा उसकी सफलता के पीछे किसका हाथ है ?

धीरज बोला "सबसे प्रथम, मेरी माँ, जिसने अपनी मेहनत से मेरे लिए सब कुछ किया और मेरे ख्वाब को ज़िंदा रखा, और दूसरे हमारे गाँव के ज़मींदार, जिन्होंने मुझे मार्ग दिखाया और यहां तक लाने में प्रेरित किया | "मेरी माँ, को मैंने वादा किया था, जब मैं कुछ बन जाऊँगा, तो उसके लिए नए कपड़े, नई चप्पल और बहुत कुछ लाऊंगा "

"जज भावुक हो गए, और अपने स्थान पर खड़े होकर धीरज का हॉंसला बढ़ाया तालियों की गूंज से | "वो दिन दूर नहीं बेटा, जब तुम अपनी माँ को वो सब कुछ दोगे, जो तुमने चाहा"

थोड़ी देर में धीरज को एक सरप्राइज मिला; उसकी माँ वहां उसकी आँखों के सामने थी | देखते ही धीरज ने उसे गले से लगा लिया और रोने लगा "माँ देख, तेरे बेटे का सपना पूरा हो रहा है" | वहां बैठे सभी बच्चे और लोग उन दोनों की ओर देखते रहे |

"माँ, ज़मींदार जी नहीं आये?" धीरज ने पूछा अपनी माँ को |

"बेटा, उन्हें किसी काम से जाना पड़ा बाहर, पर उन्होंने अपना ढेर आशीर्वाद भेजा है तुम्हारे लिए" |

वहां लोगों ने धीरज की माँ से बहुत कुछ सुना, कैसे उसने धीरज को पाला, बड़ा किया |

जजस ने धीरज के लिए घोषणा की, "आने वाली हमारी फ़िल्म में यही बच्चा हमारे गाने गाएगा"

धीरज और उसकी माँ की आँखों से आंसू छलक उठे |थोड़े ही समय बाद धीरज एक बड़ा गायक बना और उसने अपनी माँ का हर दुःख दूर कर दिया |

10
आस की दहलीज़

रामू बचपन से ही अनाथ था और एक ढाबे पर काम करता था | रामकृष्ण और उसकी पत्नी उस बेसहारे को वहीं से लेकर आए थे अपने घर, उसको एक नयी पहचान देने | रामकृष्ण की अपनी खुद की भी दो संताने थी; एक लड़का और लडकी | पर रामू को उन्होंने अपने बच्चों से कम नहीं समझा कभी, तीनों को हर चीज बराबर दी | जबकि रामकृष्ण एक गाँव में वास करता था, पर फिर भी रामू को उसने शहर के एक उच्च विद्‍यालय में दाखिला दिलवाया, तांकि उसका आने वाला भविष्य उज्ज्वल हो | रामकृष्ण उसकी पढ़ाई लिखाई का सारा खर्चा भेजता था|

कई वर्ष बीत गये | रामू अपनी बाहरवीं की पढ़ाई करके वापिस आ गया | और अब उसको आगे की पढ़ाई के लिए रामकृष्ण ने शहर में दाखिला दिला दिया | कुछ ही दिन में रामू को फिर से शहर जाना था |

एक दिन अचानक रामकृष्ण के घर पुलिस आई, और उसके बेटे रामू के बारे में पूछने लगी |

"क्या रामू यहीं रहता है ?"....जी हाँ, क्यूँ क्या हुआ साहिब ? आपके बेटे की गिरफ्तारी का वारंट लाए हैं, उस पर चोरी का इलज़ाम है |

सुनकर रामकृष्ण और उसकी पत्नी दंग रह गये | नहीं, नहीं साहिब, हमारा बेटा ऐसा नहीं कर सकता, आपको गलतफैमी हुई है ज़रूर | पर जब पुलिस ने परचा दिखाया तो उनको यकीं हुआ | पर वो तो घर पर नहीं है अभी, रामकृष्ण ने कहा |

अचानक सरला को कुछ दिन के लिए शहर से बाहर जाना पड़ा | जब वो लौट कर उसी रास्ते से घर आ रही थी, तो उसको वो औरत नहीं दिखाई दी, न ही उसकी आवाज़ सुनाई दी, उसने सोचा, कहीं उसकी बातों का कोई और अर्थ तो नहीं निकाल गयी वो | सोचते सोचते वो चली गयी | जैसे ही आगे जा रही थी, किसी ने आवाज़ दी "अरे चप्पल ले लो, बिलकुल मजबूत है", सरला ले देखा, वही औरत थी |

"हाँ मैडम जी, देखो मैंने अपनी छोटी सी दुकान खोल ली, कितने दिन से मैं आपकी राह देख रही हूँ, पर आप आई नहीं, देखो मैंने अपनी मेहनत की कमाई एकत्र करनी शुरू कर दी है | और जानते हो, अपने बेटे को भी दाख़िला दिला दिया स्कूल में, सब आपकी प्रेरणा से हुआ, उस दिन आपकी बोली बातें समझ आ गयी मुझे" |

सरला देखकर बहुत ख़ुश हुई | "अरे वाह, तुमने तो बहुत अच्छी ख़बर सुनाई, शाबाश, भगवान तुम्हें बहुत तरक्की दे आगे भी और तुम्हारे बच्चे को भी अच्छा भविष्य मिले, चलो लाओ अब एक जोड़ी चप्पल मुझे भी दे दो, मेरे को वैसे भी नई खरीदनी थी"|

"अरे एक क्यों मैडम जी, दो लीजिये", अगर आप प्रेरित न करती, शायद मुझे कभी समझ ही न आता जीवन का महत्त्व, इतने समय से यहां बैठी हूँ, कभी किसी ने नहीं समझाया " उसने सरला को चप्पल दी और सरला ने पूछा "कितने पैसे हुए ?"

"अरे नहीं मैडम जी, आपसे थोड़े ही पैसे लूंगी मैं, आपका ही तो मार्गदर्शन है "

सरला बोली "पैसे तो तुमको लेने पड़ेंगे, याद है मैंने क्या कहा था ? "सम्मान से कमाई", फिर ये ऐसे नहीं लेनी मुझे चप्पल |औरत मंद मंद मुस्कुराती रही, कुछ न बोल सकी सरला के आगे और उसने सरला को चप्पल देकर पैसे ले लिए |

सरला बड़ी ख़ुश थी उस दिन, चलो मेरी सोच से किसी का तो कुछ भला हुआ | आज वह औरत मेहनत से अपनी आजीविका कमा रही है और अपने जैसे दूसरे कितने लोगों को प्रेरित करती है |

12

ख़्वाहिश बनी ज़हर

मैरी और सन्नी एक खुशनुमां ज़िंदगी जी रहे थे | उनका एक ही बेटा था, 'गोल्डी' | इस बार गोल्डी का दसवां जन्मदिन था | उसके पिता (सन्नी) ने उस से पूछा, "बेटा इस बार क्या तोहफ़ा चाहिए तुम्हें ?

सन्नी मुस्कुराकर बोला, "पापा इस बार मुझे डिस्नीलैंड जाना है" |

सन्नी ने उसको गले से लगाया और बोला "ओके बेटा, चलेंगे ज़रूर", मैं तुम्हारी मम्मी से बात करके टिकिट बुक करवाता हूँ | सन्नी ने मैरी से बात की, और वो बहुत खुश हुई, "अरे वाह, फिर तो बड़ा मजा आएगा" |

सन्नी ने टिकट बुक करवा दी | और वो दिन आए गया, जब वे तीनों डिस्नीलैंड के लिए निकल पड़े | तीनों बहुत ख़ुश थे | गोल्डी पहली बार हवाई जहाज की यात्रा करने वाला था | जैसे ही उसने हवाई जहाज देखा, ख़ुशी के मारे कूद गया | ''पापा मेरी फोटो खींचो" कहते कहते उछलता रहा |

जहाज की बोर्डिंग का समय हो गया | अंदर सारा जहाज भरा हुआ था यात्रिओं से, और बहुत बच्चे थे वहां | सन्नी, मैरी और गोल्डी अपनी सीट पर बैठ गए | गोल्डी और बच्चों से घुल मिल गया और मस्ती करने लगा | उनका सफ़र बहुत अच्छा जा रहा था |

कुछ दूर जाते ही उनका जहाज एक जगह विश्राम के लिए रुका था| वहां सबने खाया पीया और थोड़ी देर में प्लेन चलने वाला था | जैसे ही सब यात्री जहाज में बैठे, एक अजीब सी आवाज़ सुनाई दी गोली की | "चुपचाप सभी अपनी सीटों पर बैठे रहो, नहीं तो गोलियों से उड़ा देंगे सबको", किसी ने बोला |

सब यात्री भयभीत हो गए | देखा तो, कुछ आतंकवादियों ने जहाज को हाईजैक कर लिया था | पायलट के सर पर बंदूक, और आतंकवादी चेहरे पर नक़ाब ओढ़े पायलट के कक्ष से बाहर आये| सब लोग डरे हुए थे |

सब सहमे से अपनी सीटों पर बैठे रहे | तीन दिन तक जहाज उनकी गिरफ़ में रहा | तब लोग चिल्लाने लगे, "हमें क्यों पकड़कर रखा है यहां, छोड़ो हमें" आतंकवादियों को गुस्सा आया और उन्होंने गोल्डी को उठा लिया और धमकी दे दी, "ज्यादा शोर डाला तो इस बच्चे को मार देंगे"|

सब चुप हो गए, और अपनी सीट पर बैठ गए | गोल्डी के माँ बाप ने उनको बोला कि बच्चे को छोड़ दें, पर उन्होंने एक न सुनी उनकी | दिन बीत रहे थे, गोल्डी अभी भी उनके कब्ज़े में था |

मैरी का रो रोकर बुरा हाल हो गया | उस दिन उससे रहा न गया "सन्नी, हमारा बच्चा, देखो न उसने कुछ खाया है, न पीया, पहली बार कोई ख़्वाहिश रखी थी उसने, और ये क्या हो गया, इससे तो अच्छा हम घर पर ही ठीक थे" |

सन्नी ने उसको होंसला दिया "मैरी सब्र रखो, कोई न कोई रास्ता ज़रूर निकलेगा", पर वो एक माँ थी न, माँ से बड़ा दर्द किसको होगा बच्चे को इस हाल में देख | उससे रहा नहीं गया, वो चिल्लाने लगी, 'मेरे बेटे को छोड़ दो' |

एक आतंकवादी ने उसको वार्निंग दी, 'अपनी सीट पर बैठ जाओ, नहीं तो मैं बच्चे को मार दूंगा' | मैरी नहीं मानी, और देखते ही देखते उस आतंकवादी ने गोल्डी पर गोली चला दी | गोल्डी वहीं पर मर चुका था | मैरी और सन्नी ज़ोर ज़ोर कर रोने लगे और सब यात्री और भी ज्यादा डर गए |

मैरी ने उस आतंकवादी का गला पकड़ लिया "मैं तुम्हें नहीं छोड़ूंगी", उसने सन्नी को समझाया कि मैरी को हटा ले नहीं तो गोल्डी की तरह, वो मैरी को भी मार देंगे|

सन्नी ने मैरी को समझाया, पर उस समय एक माँ का गुस्सा जागृत था | जब मैरी पीछे न हटी, तो उसने उसपर गोली चला दी | मैरी भी गोल्डी की तरह वहीं पर मर गयी |

सन्नी को समझ नहीं आ रहा था, ये क्या हो रहा है | यकीन नहीं आया उसे, वो चिल्लाता रहा, रोता रहा "मैरी, गोल्डी, नहीं तुम मुझे छोड़कर नहीं जा सकते, उठ गोल्डी बेटा, देख डिस्नीलैंड आने वाला है, तेरा जन्मदिन है न कल, तूने कहा था वहां मनाएंगे, मैरी उठो, गोल्डी का जन्मदिन मनाना है" | सन्नी रोता रोता बिलखता रहा | पर विवश था वो, कुछ नहीं कर सकता था |

सभी लोग वो दर्दमय दृश्य देख भावुक हो गए और सन्नी को दिलासा देने लगे | आतंकवादियों ने सबको फिर धमकाया, अगर कोई फिर चिल्लाया, तो यही हाल होगा उसका भी | तीन दिन तक जहाज हाईजैक रहा | और पुलिस के प्रयास से वे आतंकवादी कानून की कैद में आए|

सभी यात्रियों को राहत की साँस मिली | तीन दिन बाद गोल्डी का जन्मदिन था | पर उसी दिन सन्नी ने उसका दाह संस्कार किया | वो जन्मदिन फिर कभी लौट के न आया | सन्नी की पूरी दुनिया ही उजड़ गयी | और वो एक ख़ामोश परिंदा बनकर रह गया |

13

बेटी जैसा अनमोल न कोई

कमला जब पांच बरस की थी, उसके सर से माँ का साया चला गया | दो छोटी बहनें और थी उसकी, और एक बड़ा भाई | छोटी सी उम्र में ही, उस पर घर की जिम्मेदारी का बोझ पड़ गया और उसकी जिन्दगी जिम्मेदारिओं में ही सिमटकर रह गयी | घर की देख रेख, बहनों की सम्भाल, अपने बाबू जी और भाई की सेवा वही करती थी | आज जब कमला १८ बरस की हो चली, बापू को उसके विवाह की चिंता होने लगी | उसका भाई तो हमेशा नशे में डूबा रहता था, न कोई घर की जिम्मेदारी का पता, न पिता की मदद करने का एहसास | कमला के बाबूजी, एक फैक्ट्री में काम करते थे, और कमला भी मेहनत कर घर का गुजारा करती और, उसने काम के साथ-साथ रात की चलती पाठशालाओं में जाकर अपनी पढाई भी पूरी की |

एक दिन उसके पिताजी के दोनों हाथ, पैर किसी दुर्घटना में घायल हो गये | भाई को कोई फ़िक्र नहीं, कमला ने ही जैसे तैसे अपने बाबूजी का ईलाज करवाया, पर अब तो वो बैसाखी के ही सहारे रह गये थे |

एक दिन कमला के भाई ने अपने बाबूजी और दोनों बहनों को कमला सहित घर से निकाल दिया | कमला ने जो शिक्षा अपनी रातों की नींद गवाकर हासिल की थी, उसके आधार पर एक नौकरी प्राप्त की और एक किराये का मकान लिया |

उसके बापू दिन रात खुद को कोसते रहते "हे विधाता क्यूँ न तूने मुझको उठाया, कमला की माँ की जगह?" फिर कमला ही उनको आस बंधाती "बाबूजी, आप निराश क्यों होते हैं? मैं हूँ न अभी, आपकी बेटी, आप ही तो कहते थे "तू मेरी बेटी नहीं, बेटे से बढ़कर है", आपने ही सिखाया था कि बुरे वक़्त में हमें होंसला नहीं छोड़ना चाहिए, फिर आज हिम्मत क्यों हारते हैं आप? धैर्य रखिये, सब ठीक हो जाएगा" |

कमला अपने बाबूजी को तो समझा देती थी, पर भीतर से उसका हृदय बहुत व्याकुल रहता था| कमला ने यह ठाना कि वह जीवन भर विवाह नहीं करवाएगी और अपने बाबूजी की देखभाल करेगी |

कई बरस बीत गये, उसके भाई ने अपनी मर्जी से खुद का विवाह करवा लिया और अपने परिवार को बताया तक नहीं | उधर कमला ने भी अपनी दोनों बहनों का विवाह एक अच्छे घर में करवा दिया | आज कमला अपने गाँव के एक स्कूल की मुख्याध्यापिका बन गयी है | आज भी वह अपने बाबूजी की हर छोटी बड़ी चीज़ की देख रेख करती है, और बहनों से अपार स्नेह करती है |

कमला का भाई वहीं पास में ही रहता था, अचानक एक दिन उसके घर से रोने की आवाज आई, पहले तो कमला थोड़ी हिचकिचाने लगी वहाँ जाने को, परन्तु जब आवाज रुकी न तो उससे रहा न गया | जाकर देखा, उसकी भाभी तेज बुख़ार से तड़प रही थी और कोई नहीं था घर पर उस समय |

कमला ने तुरंत डॉक्टर को बुलवाकर उसका ईलाज करवाया, और भाभी को बुख़ार से कुछ राहत मिली | डॉक्टर का कहना था कि यदि, कुछ देर और हो जाती तो शायद, कमला की भाभी की तबियत और बिगड़ जाती | कमला सारी रात अपनी भाभी के सर पर पानी की पट्टियाँ बाँधती रही जब तक उसका बुख़ार पूरी तरह ठीक न हुआ | इससे पहले की कमला का भाई आता, वह चुपचाप वहाँ से चली गयी, एक पड़ोसन को बिठाकर | चाहे कमला के साथ उसके भाई, भाभी ने जो भी बर्ताव किया हो, पर कमला ने अपना फर्ज़ निभाया |

ऊधर कमला के बापू उसको लेकर चिंतित थे, "कहाँ चली गयी थी तू बेटा बिना बताए, सारी रात तेरी राह तकता रहा मैं" आकर बापू को सारी बात बतलाई, तो

रघु ने उसको समझाया कि शायद अब वो समय नहीं रहा कि किसी की भलाई कर सकें हम, पर रामकृष्ण दिल का बड़ा कमजोर था, किसी के दुःख को देख न सकता था |

एक दिन उसने अपने मन को दृढ़ किया और निश्चय कर के घर से निकला कि आज तो राजू से बात करके ही रहूँगा | ठिठुरते हुए कोहरे में वो दोनों पहुंचे उसी अपने ठिकाने पे | इंतज़ार करते रहे कि कब आएगा वो चाय का प्याला लिए हुए |

थोड़ी ही देर में मासूम सा चेहरा लिए राजू आया, और बोला "बाबूजी ये लीजिये आपकी गर्मा गर्म अदरक, मसाले वाली चाय" |

दोनों ने प्याला पकड़ा हाथ में, और जैसे ही राजू जाने लगा. राम कृष्ण ने उसको अपने पास बुलाया और अपने करीब बैठने को कहा | ढेरों बातें की उस से, मानो उसको उसके मन का सब हाल पता लग गया | उस दिन से वो उसका अपना सा बन गया | नाम पूछा जब उस से तो बोला खुद भी नहीं जानता वो, सब 'राजू' पुकारते हैं | राम कृष्ण ने उसका नाम गोपाल रख दिया और सीने से लगा लिया | वो रघु की तरफ़ देखने लगा और रघु समझ गया कि वो क्या कहना चाहता था |

उस दिन बस उस से रहा न गया, गोपाल का हाथ पकड़कर, झूठे बर्तन छुड़वाये और अपना हाथ बढ़ाया उसकी तरफ़, बिना कुछ पूछे, कुछ कहे बस उसको साथ ले चला अपने घराने की ओर |

उसकी खुद की कोई औलाद न थी, मानो ईश्वर ने उसे गोपाल वरदान रूप में दे दिया हो | अगले ही दिन रामकृष्ण ने गोपाल का दाखिला एक उच्च पाठशाला में करवाया | राम कृष्ण अपनी जान से भी ज्यादा प्यार करता था गोपाल को, अपने हाथों से खाना खिलाता, कपड़े धोता, उसका सारा काम वही करता |

दसवीं की परीक्षा पार करने के बाद गोपाल को बाहर किसी कॉलेज में दाखिला मिला डाक्टरी पढ़ाई के लिए | बरस बीत गये, उसका बेटा "गोपाल" एक डाक्टर बन गया था |

एक दिन रघु, राम कृष्ण के घर बैठा था, अचानक से दरवाजे की घंटी बजी, दोनों तुरंत बाहर गये कि कहीं गोपाल तो नहीं आ गया होगा वापिस, देखा तो वही था | आया तो सही पर अकेला नहीं था वो, अपने साथ एक लाल जोड़े में सजी लडकी को लाया था | देख कर दो पल ले लिए दंग रह गये दोनों, फिर खुद को समझाया और अंदर बुलाया दोनों को |

गोपाल ने बताया कि ये "मीना" है, आपकी बहू | हमारे पैर छुए उसने और आशीर्वाद माँगा | अब "शारदा" भाभी तो नहीं थी, और रामकृष्ण को इतने रीति रिवाज कहाँ आते थे, फिर भी जितना बन पड़ा उसने बहू का स्वागत किया घर के अंगना में |

परन्तु नजाने वक्त का रुख इतना क्यूँ बदल जाता है, जिस बेटे को अपना समझ कर इतना लाड प्यार दिया, इतना पढ़ाया लिखाया, वही आज इतना परिवर्तित हो गया |

कुछ दिन बीते, सब कुछ बदलने लग गया | बहू दो वक़्त की सूखी रोटी दे देती राम कृष्ण को, बदले में घर का सारा काम काज करवाती उस से | गोपाल ने भी सारी जायदाद खुद के नाम करवा ली | फटे पुराने वस्त्रों में यूँ ही पड़ा रहता था रामकृष्ण, घर के एक कोने में | बहुत बार उसको घर से निकल जाने को भी बोला दोनों बेटा बहू ने, पर शारदा भाभी की यादें बसी थी उस आशियाने में. कैसे चला जाता भला छोड़ के उस जगह को वो |

परन्तु वक्त इतना भी अपना रंग दिखायेगा मालूम न था उसको | बरसात की रात थी, ठंड के मारे उसका बदन बुखार से जकड़ गया था | होश तो थी ही नहीं कोई उसे | जब होश में आया तो देखा अपने जैसे अधेड़ उम्र के लोगों के बीच एक खाट पर लेता था वो | वे सब पूछने लगे "भाई क्या बात, क्यूँ इतना सताता था तू अपने बेटा बहू को? उन्होंने क्या बिगाड़ा था तेरा जो तुझसे इतने दुखी आ गये कि यहाँ छोड़ गये तुझे" | वो हैरान परेशान, क्या जवाब देता उन्हें | चुप्पी साधे बैठा रहा | अगले दिन जब सच्चाई बताई तो यकीन हुआ उनको |

कई वर्ष बीत गये, उसी वृद्धाश्रम में रहते रहते. पास से गुज़र जाते दोनों गोपाल और उसकी बहू, पर एक बार भी ख़बर को न आते | पोता पौती होने की भी ख़बर तक न पहुँचाई किसी ने दोनों में से | अब तो वो वृद्धाश्रम ही अपना घर लगने लगा था

रामकृष्ण को | उसका बूढ़ा शरीर भी थकने लगा था | उस हर क्षण को याद करके उसकी आँखें भर आती थी जिसमें उसके बेटे की जुड़ी यादें थी |

आज साँझ को नजाने उसे क्यूँ ऐसा लगा जैसे कि उसका दम टूटने वाला है, जोरों से खांसी सी होने लगी, मन बेचैन था | अपने एक मित्र से कह कर उसने रघु को संदेश भिजवाया के जाकर के मेरे बच्चों को ले आये, आखरी बार तो देख लूँ उनको, पता नहीं कब ये आँखें बंद हों जाएँ|

निगाहें ताकती रही पर कोई आहट नहीं सुनाई दी किसी के आने की |

रघु की हिम्मत न हुई उससे ये कहने की कि गोपाल ने आने से साफ़ मना कर दिया है | उसने थोडा सा होंसला दिलाया उसे |

रामकृष्ण मुस्कराने लगा, बोला "मुझसे तू झूठ बोल ही नहीं सकता दोस्त, तुझे कहाँ आता है झूठ बोलना | तू सही बोलता था भाई, जमाना बदल गया है. यहाँ तो अपनी सगी औलाद नहीं पूछती आज माँ बाप को, मैंने तो एक पराये बालक से उमीद रखी" |

मानो उसके लफ़्ज़ों में पूरी दुनिया ही सिमट के रह गयी हो | बस इसके आगे एक लफ्ज़ और न निकला उसकी जुबान से, और रघु राम कृष्ण, राम कृष्ण चिल्लाता रहा | पर वो कहाँ कुछ बोलता, वो तो हमेशा के लिए ख़ामोश हो चुका था |

15

सच्चे रिश्ते का मोल

मोहन को सुबह सुबह किसी ज़रुरी काम से बाहर जाना था | उसकी पत्नी 'सुष्मा, गर्भ से थी, और किसी भी समय उसको प्रसव पीड़ा उठ सकती थी | मोहन को चिंता थी, सुष्मा को अकेला छोड़कर कैसे जाए, माँ भी गाँव गयी हुई थी, बुआ की तबियत ख़राब चल रही थी |

'अरे, कोई बात नहीं, आप चले जाइए, मैं देख लूँगी, सुष्मा ने मोहन से बोला | मजबूरी में मोहन को जाना पड़ा | दो – तीन घंटे बाद, सुष्मा को दर्द शुरू हो गया, और वह दर्द के मारे कराहने लगी | उनके पड़ोस में रह रही, गौरी आंटी भी कहीं गयी हुई थी | अचानक से, मन्दिर से लौटते हुए, सुष्मा की एक सखी उससे मिलने घर आई, तो उसको इस हाल में देख उसने सुष्मा की ननंद मोहिनी के घर संदेश भिजवाया | सुनते ही, मोहिनी दौड़ी आई और अस्पताल से डॉक्टर को बुलवाया |

इनके साथ कौन है?, डॉक्टर ने पूछा |

"जी मैं...इनकी ननंद", मोहिनी बोली |

डॉक्टर ने बताया कि इनकी डिलीवरी ऑपरेशन से करनी पड़ेगी, बच्चे की अवस्था गर्भ में ठीक नहीं | इसके लिए आपको खर्चा पहले ही जमा करवाना पड़ेगा, और यह जल्दी करना होगा |

"डॉक्टर साहब, आप पैसे की चिंता न करें, बस भाभी और बच्चे, दोनों को सही

सलामत बचा लीजिये", मोहिनी बोली |

मोहिनी ने पैसों का इंतज़ाम किया और सुष्मा को अस्पताल में दाखिल करवाया | डॉक्टर ने सुष्मा का ऑपरेशन किया, और उनके प्रयास से बच्चा और जच्चा दोनों सुरक्षित बच गये |

जब सुष्मा को होश आई, तो उसने मोहिनी को पास देखा, और उसका चेहरा आग बबूला हो उठा | बुरा भला कहने लगी उसको | "तू यहाँ फिर आ गयी, कब पीछा छोड़ेगी हमारा ?"

मोहिनी चुपचाप सुनती रही, तभी डॉक्टर ने सुष्मा को बताया, "आज अगर आप और आपका बच्चा सुरक्षित हैं, तो वो इन्हीं की वजह से, और आप इन्हीं को ऐसे बोल रही हैं, इन्होंने ही आपके ऑपरेशन की फीस जमा करवाई, आपके पति तो अभी दो दिन और बाहर रहेंगे" | कहकर डॉक्टर कमरे से चला गया |

सब कुछ सुनकर शर्म के मारे सुष्मा की आँखें नीची हो गयी, इससे पहले कि वह कुछ और बोलती, मोहिनी ने उसका हाथ पकड़कर बोला, "भाभी, बधाई हो, आप माँ बन गयी, भैया पापा, और मैं बुआ | पुरानी बातें भूलकर अपनी ख़ुशी मनाईये, मैं आपके ठीक होने पर अपने आप चली जाऊँगी यहाँ से, आप परेशान न होइए" |

सुष्मा के पास कहने को बहुत कुछ था, पर कह न पाई....कुछ पुरानी यादों में खो गयी..किस तरह मोहन और उसने इसी मोहिनी को घर से निकल दिया था, बिना किसी ख़ास वजह के | और आज उसी ने मुश्किल समय में उनका साथ दिया |

सुष्मा ने मोहिनी का हाथ पकड़ा और बोली, "नहीं री गुड़िया तू अब कहीं नहीं जाएगी, तेरे भैया भाभी के साथ यहीं रहेगी अपने लाडले भतीजे के पास"| मोहिनी भी ख़ुशी से झूम उठी | उधर, मोहन को भी ख़बर भिजवा दी गयी............वापिस आने पर मोहन ने भी अपनी छोटी बहन से माफ़ी मांगी | सच ही कहा किसी ने "सच्चे रिश्ते यूँ ही नहीं टूटा करते", मोहन बोला| आज वे सब प्रेम पूर्वक एक ही घर में रह रहे हैं |

16

उन्नत समाज की विडंबना

रोज की तरह आज सुबह रश्मि मंदिर के दर्शन कर वापिस आ रही थी | बाहर बैठे हुए भिक्षुकों को भिक्षा देने लगी, तो उनमें एक औरत बैठी हुई थी, भिक्षा मांगने | साफ सुंदर वस्त्र पहने, ऐसे लग रहा थी कि किसी अच्छे खासे घर से थी वो | पर इस तरह ऐसी दशा में हाथ में कटोरा लिए क्यूँ सड़क के किनारे बैठी थी, रश्मि को समझ नहीं आई |

जब वो उसके निकट गयी, तो साहस सा कर पूछ ही लिया "आप तो एक अच्छे परिवार से लग रही हैं, फिर ऐसी दशा में क्यूँ?"

आँखों में आंसू लिए बोली " बेटी, सब किस्मत का खेल है | मेरे बेटे बहू ने घर से निकाल दिया मुझे और मेरे पति को | आज मेरे पति बीमार पड़े हैं, लेकिन उनके ईलाज के लिए पैसे नहीं मेरे पास | सुबह यहाँ प्रभू के दर्शन कर उन्हीं के दर पर भीख मांगती हूँ और फिर लोगों के घर झाड़ू सफाई कर गुजारा करती हूँ" |

"पर मैंने आपको पहले कभी नहीं देखा, मैं तो रोज़ आती हूँ यहाँ", रश्मि ने पूछा |

"आज मैं थोड़ा जल्दी आ गई", वह बोली |

'आपका बेटा क्या करता है?

माँ तो माँ होती है आखिर, मान गयी, और मंगा दी चलाई की पट्टी...और नेहा ने शौक से खाई | थोड़ी देर बार फ्रूट खा लिए | शाम बीत गयी, फिर रात को माँ ने जो अपने लिए फलाहार बनाया था, वो खा लिया, करते करते पहला उपवास निकल गया | माँ भी संतुष्ट, चलो इसने कुछ तो खाया |

अगले दिन नेहा ने माँ से बोला, "देखा माँ कैसे एक दिन का उपवास आसानी से हो गया, ऐसे ही सारे हो जाएंगे, देख लो, मुझे कुछ नहीं हुआ, मुझे सारे व्रत रखने दो, माता रानी मेरी मुराद पूरी करेंगी, और मैं अच्छे नम्बरों से पास हो जाऊँगी" |

माँ को पता था, नेहा ने ज़रूर उपवास रखा होगा कल, 'वो समझ रही है कि मुझे कुछ पता नहीं, वो चलाई की पट्टी, वो फलाहार, सब समझ रही थी मैं, बस उसकी सच्ची श्रद्धा देखकर रोक न पाई उसको' | नेहा के बहुत जिद्द करने के बाद माँ मान गयी | और उसने अपनी माँ के साथ साथ सारे उपवास रखे | इस बार वो अपने इम्तिहान में पहली बार प्रथम स्थान पर आयी | उसकी माँ के प्रति आस्था और भी बढ़ गयी |

उसको देखते देखते उसके परिवार के सभी छोटे बड़े बच्चे उपवास रखने लगे |

18

ख़ुशी का एहसास

सरिता की शादी टूट गयी थी | घरवालों ने बहुत जोर लगाया, परन्तु वो दूसरी शादी के लिए मानती नहीं थी | उसके पापा के दोस्त ने एक अच्छा लड़का बताया सरिता के लिए, वो भी तलाकशुदा था | सरिता के पापा उस लड़के से मिल भी आये | और उनको अच्छा भी लगा वो| कई दिन से प्रयास कर रहे थे वे, सरिता को मनाने का | पर वो हाँ नहीं भरती थी |

एक दिन रविवार था, उसके पापा ने उसको अपने पास बिठाया और बोला "बेटा एक बार मिल तो ले, फिर फैसला तेरा होगा, देख बेटा, हम माँ बाप, पता नहीं कब तक हैं, भाई बहन अपनी ज़िंदगी में उलझ जाते हैं, पूरी ज़िंदगी अकेले नहीं कटती, हम तुझे दबाव नहीं डाल रहे, बस एक बार मिलने को बोल रहे हैं, तुझे ठीक लगा तो ठीक, नहीं तो न सही, लड़का अच्छा है, कोई ऐब नहीं और तेरी लाइन का है, प्रोफेशनल सेटिंग भी हो जाएगी तेरी" |

सरिता ने दो मिनट सोचा और अपने माँ बाप की ख़ुशी के लिए हाँ बोल दी "ठीक है पापा, आप कहते हो तो मिल लेती हूँ, पर अगर मुझे ठीक लगा तो ही...... "

"हाँ, मैं भी तो वही कह रहा हूँ"|

"ठीक है पापा" |

सरिता की हाँ सुनकर, उसके पापा इतने ख़ुश हो गए, मानो आज सारे संसार की ख़ुशी ही उनको मिल गयी हो | उन्होंने मिठाई का डिब्बा भी मंगाया | 'आज दो कप चाय पीऊंगा, और अभी बना दो" सरिता की माँ को बोलते हुए | उधर सरिता के चाचा आ गए | वो सरिता के बहुत करीब थे | सरिता उनकी लाडली थी | जब उनको यह बात पता लगी, वे भी बहुत ख़ुश हुए |

"भाई साहब इनको हम उसी मंदिर में मिलवाएंगे, जो सरिता को बहुत पसंद है, मुझे पता है, ये कहीं होटल वोटल में नहीं मिलेगी उस से", चाचा बोले |

"हाँ रमेश ठीक है, ऐसा करते हैं कल ही मिलवा देते हैं, तुम छुट्टी ले लेना, तुम ही लेकर जाना हमें" |

"कोई बात नहीं भाई साहब, आप चिंता न करिये, मुझ पर छोड़ दीजिये सब, आप बस थोड़ी बहुत जो तैयारी करनी है, वो कर लीजिये" |

सरिता चुप चाप, मंद सी मुस्कुरा रही थी, उनकी बातें सुनकर | सब बहुत ख़ुश थे, पर सबसे ज्यादा उसके पिता | सबने बड़े आनंद से चाय पी और सरिता को ढेरों प्यार दिया |

सरिता के पिता रोज़ शाम को सैर करने जाया करते थे | आज वे थोड़ा लेट हो गए जाने में | जल्दी से जूते पहने और सरिता की माँ को बोला " मैं जा रहा हूँ, आज थोड़ा देर से आऊंगा, लेट हो गया न, सैर तो पूरी करनी है न, और मुझे फ़ोन मत करती रहियो, मैं आ जाऊंगा, आज बहुत ख़ुश जो हूँ "| कहते कहते वो चले गए |

अभी आधा घंटा ही हुआ होगा, सरिता की माँ ने देखा कि उसके पिता बाहर से चिल्लाते हुए आ रहे हैं, कुछ घबराते हुए से |

"अरे आप तो इतनी जल्दी आ गए, क्या हुआ ? आपने तो कहा था देरी से आओगे, आज तो रोज़ से भी पहले आ गए" |

सरिता के पापा को पसीना आ रहा था, अपनी कमीज़ उतार दी, और बोलने लगे, " ये पंखा चला दे, और दो बूँद पानी के दे दे" |

सरिता घबराती हुई रसोई में गयी और पानी लायी, माँ ने पानी की बूँद उसके पिता के मुख में डाली, वो उसकी गोद में सर रख कर लेटे हुए थे | जैसे ही पानी पिया, एक दम अपनी आँखें मूँद ली | सरिता और उसकी माँ ने उनको हिलाया जुलाया, पर उन्होंने कोई हरकत न की

सरिता ने नब्ज़ देखी, तो वो सहम गयी "पापा की नब्ज़..... " सरिता की माँ समझ गयी थी कि उसके पापा ने अंतिम सांस ले ली, पर तस्सली के लिए तुरंत पड़ोस में से किसी को बुलाया, और गाड़ी में बिठाकर अस्पताल ले गए | वहां डॉक्टरों ने भी जवाब दे दिया और सरिता के पापा ने उसी शाम दम तोड़ दिया |

कैसी नियती थी यह? क्या उसके पापा ज्यादा ही ख़ुश थे सरिता के मानने पर | एक बाप के दिल पर क्या बीतती है बेटी का दर्द देखकर, ये एक बाप ही समझ सकता है | क्या क्या आयोजन बनाए थे, कल मिलेंगे लड़के से | वो कल ही नहीं आया | और जानते हैं, बाद में लड़के वाले भी पीछे हट गए | सबके लिए एक बेरंगी शाम बन गयी वह शाम, जो कभी लौट कर नहीं आई |

19
निष्पाप विवशता

"मे आई कम इन सर" ? राजू ने आज फिर से कक्षा में देरी से प्रवेश किया | नज़र पड़ते ही, अध्यापक को गुस्सा आया और उसने रोज की भांति आज भी राजू को पीटा और देरी से आने के लिए बैंच पर खड़ा होने को बोल दिया | राजू चुपचाप जाकर बैंच पर खड़ा हो गया | अध्यापक ने उससे बहुत पूछा पर वह देरी से आने का कारण नहीं बताता था | अध्यापक थोड़ा हैरान भी था और परेशान भी यह देखकर कि उसका शिष्य रोज़ ऐसी हरक़त क्यों करने लगा है |

उसी शाम को राजू का अध्यापक जब बाज़ार की तरफ़ जा रहा था तो उसने देखा कि राजू सड़क के किनारे भीख मांग रहा था | उसको उस हाल में देख अध्यापक को कुछ समझ नहीं आ रहा था, क्या माजरा है |

अगले दिन, अध्यापक ने विद्यालय के प्रिंसिपल को राजू की शिकायत की, और बोला कि इस तरह के बच्चों को हमारे स्कूल में स्थान देना एक शर्मिंदगी की बात है, 'हम इनको यह शिक्षा नहीं देते सर|

प्रिंसिपल थोड़ा सोच विचार में पड़ गया और अध्यापक से बोला "ज़रूर कोई गम्भीर विषय है शर्मा जी, हमें ऐसे ही किसी बच्चे पर संदेह नहीं करना चाहिए, क्या पता उसकी कोई मज़बूरी चल रही हो, हमें पता करके ही किसी निष्कर्ष तक पहुँचना चाहिए, कहीं उसे हमारी मदद की आवश्यकता न हो" |

प्रिंसिपल ने चपड़ासी से कहकर राजू को ऑफिस में बुलवाया | "ये मैं क्या सुन रहा हूँ बेटा?...तुम रोज़ कक्षा में देरी से आते हो, और तो और भिक्षा भी मांगते हो? इतने अच्छे स्कूल में पढ़ते हो, फिर भी यह कार्य"?

राजू खामोश रहा...डरा डरा सा कुछ न बोल पाया |

प्रिंसिपल समझ गया, उसने सबको अपने कमरे से बाहर भेज दिया, और राजू से अकेले में बात की | राजू की आँखों में आंसूं आ गये 'सर, मुझे अपने पापा का श्राद्ध करना है, घर में पैसे की कमी है, मेरी माँ कई दिन से बीमार पड़ी है, मैं सबसे बड़ा हूँ घर में, दो छोटे भाई बहन हैं मेरे| इसी कारण सुबह अख़बार बेचने जाता हूँ, फिर दूध देने जाता हूँ | इन्हीं सबके चलते रोज़ स्कूल के लिए देरी हो जाती है | फिर भी जब गुज़ारा नहीं हो पा रहा घर का, तो मैंने मजबूरी में शाम को भिक्षा माँगनी शुरू की पिछले सप्ताह से | क्या करूँ सर, घर में सबसे बड़ा हूँ, मेरे कँधों पर सारी ज़िम्मेवारी है | श्राद्ध सर पर हैं, कुछ दिन बाकी हैं | बस इसी वजह से'........

इससे पहले प्रिंसिपल कुछ और पूछ पाता, उसने राजू को गले से लगा लिया और बोला,,"गर्व है हमें तुमपर...........तुम अपने पिता का तर्पण अवश्य करोगे | परन्तु आज से तुम न अख़बार बेचोगे, न दूध, और ख़बरदार जो भिक्षा जैसी आदत डाली आज के बाद, हमें पहले क्यों नहीं बताया तुमने बेटा, हम सब परिवार ही हैं तुम्हारा, विपरीत समय में हम साथ नहीं देंगे तो कौन देगा" |

प्रिंसिपल ने राजू के नाम कुछ स्कॉलरशिप जारी किये और सभी अध्यापकों से राजू की स्थिति समझने की गुज़ारिश की तथा उसको सम्पूर्ण सहयोग देने का आग्रह किया | अपने विद्यालय के सहयोग से राजू ने अपने पिता का श्राद्ध श्रद्धापूर्वक सम्पन्न किया और साथ साथ अपनी पढ़ाई भी मन लगाकर की | राजू की माँ ने प्रिंसिपल और समस्त शिक्षकों का आभार प्रकट किया |

"आज तो मैं आराम से सोऊंगा, सुबह शहर जाकर फसल कटवाऊंगा और पैसे लाकर सरपंच को दे दूंगा, ताकि जल्दी से इस बोझ से हल्का हो सकूं" |

रात होते ही वो मुस्कुराते हुए सो गया | अभी आधी रात हुई थी कि उसको ज़ोर से बादल गरजने की आवाज़ सुनाई दी, और वो भयभीत हो गया | भागा हुआ बाहर गया तो देखा मूसलाधार बरसात हो रही थी | 'अरे. ये कौन से महीने का सावन आया' ? बारिश में भीगता खेत की तरफ दौड़ा और वहां की दशा देखकर कल्पित हो उठा | सारी फसलें तेज पानी के बहाव में ख़राब हो गयी |

रामचंद्र ज़ोर ज़ोर से सर पटक पटक कर रोने लगा "अरे बादल, कल तक का इंतज़ार कर लेते, मेरी फसल कट जाती, फिर बरस लेते' रोता रहा वो, अनेकों सवाल मन में लिए, पर कोई उत्तर न था कहीं... उसकी नियति ने अजब चाल चली |

21
अनोखी दोस्ती

रामू पेशे से एक डॉक्टर था | वो रोज सुबह सैर को जाता था | एक सुबह, जब रामू सैर करने निकला, उसको रास्ते में एक आवाज़ सुनाई दी, जब इधर उधर देखा तो बाग़ के एक पेड़ की डाली पर एक पिंजरे में कैद तोता कराह रहा था |

रामू ने पिंजरा उतारकर खोला और देखा कि उसके एक फ़र पर जख़्म हुआ पड़ा था और उसको ईलाज की ज़रूरत थी | रामू ने सोचा क्यों न उस तोते को घर ले जाऊँ | रामू ने बड़े प्यार से पिंजरा उठाया और उसको अपने साथ ले गया |

घर जाकर, जल्दी से उसने तोते के जख़्म को साफ़ किया और फर्स्ट ऐड दी | और उसको प्यार से सराहने लगा |

कहते हैं तोते बहुत चबर चबर करते हैं, पर रामू ने कमाल की बात देखी कि उस तोते ने कोई शब्द न निकाला | रामू ने सोचा शायद जख़्म की तकलीफ़ के कारण ये कुछ नहीं बोल पा रहा या इसको पिंजरे में कैद होने का भय होगा फिर से | रामू ने तोते को एक नरम से कुशन पर लेटा दिया और थोड़ी देर उसको आराम करने दिया | और उसको प्यार से सहला कर बोला, 'तुम चिंता न करो, कल सुबह तुमको मैं खुद वहीँ छोड़ आऊंगा' |

आराम से पिंजरे की कैद से मुक्त होकर तोता मस्त नींद में सो गया | रामू को भी उससे एक लगाव सा हो गया |

सुबह होते रामू ने तोते का ज़ख़्म देखा, पर अभी पूरी तरह घाव भरा नहीं था उसका | रामू ने अभी उसको वापिस भेजना सही नहीं समझा | और एक दो दिन तक वहीं अपने पास रखने का निर्णय लिया, पर उसने उसको पिंजरे में नहीं रखा, खुला आज़ाद रखा |

रामू तोते के साथ इतना घुल मिल गया, मानो उसको कोई बहुत गहरा मित्र मिल गया हो| दो दिन बीत गए | अब उसकी हालत में सुधार लग रहा था |

रामू मायूस सा हो रहा था, कि अब तो उसको उसके स्थान पर छोड़कर आना ही पड़ेगा | तोते को पिंजरे में डाला और ले गया वहीं उसी बाग़ में| प्यार से उसको उसी डाली पर छोड़ आया जहाँ से लेकर आया था | "ओके, बाय बाय मित्र, कभी याद आए तो मिलने आ जाना अपने इस दोस्त से", रामू बोलकर चला गया | तोता भी शांत, मायूस, कुछ न बोल सका |

घर जाकर रामू को बड़ा अजीब सा लग रहा था | खाली खाली सा था सारा घर, जैसे खाने को आ रहा हो | उसको अपने दोस्त की बहुत याद आ रही थी, उसका बस चलता तो उसको अभी ले आता, पर सोच रहा था कि पता नहीं वो तोता उसके साथ रहना चाहेगा भी या नहीं | सोचते सोचते रामू सो गया और पता ही न चला उसको कि कब सुबह हो गयी |

जैसे ही सुबह रामू की आँख खुली, उसने एक अजब सा नज़ारा देखा ..उसके कमरे की खिड़की पर वही तोता बैठा, उसको बुला रहा था अपनी तोतली आवाज़ में "..हेलो दोस्त, कैसे हो" |

रामू देखकर ख़ुश हो गया और कहने लगा "मैं ठीक, तुम सुनाओ, तुम्हारा क्या हाल है मित्र, अभी दर्द तो नहीं कहीं ? आज सुबह सुबह यहाँ ? कैसे याद किया, कुछ रह गया क्या यहाँ?"

तोता मुस्कुराने लगा " इतने सारे सवाल? तुम्हें अच्छा नहीं लगा मुझे यहाँ देखकर?"

"अरे नहीं, मुझे तो बेहद ख़ुशी हुई, बस यूँ ही पुछा"

"दोस्त, मैं एक मदद माँगने आया हूँ तुमसे, करोगे ?" तोता बोला |

"हाँ, ज़रुर मित्र, बोलो" |

"मुझे हमेशा के लिए अपने पास रख लोगे? मैं तुम्हें बहुत ख़ुश रखूँगा और कभी नहीं सताऊँगा" तोता बोला |

"अरे, हाँ मित्र, तुमने तो मेरे मन की बात ही बोल दी, मैं तो तुम्हें भेजना ही नहीं चाहता था वापिस, बस डरता था कि कहीं तुम्हें बुरा न लग जाए मेरा रोकना"

तोता ख़ुशी के मारे खिड़की से अंदर आ गया और रामू के कँधे पर बैठ गया |

रामू बोला..हाँ, पर एक शर्त है....

"शर्त? क्या "? तोते ने पूछा |

"मैं तुम्हें पिंजरे में कैद करके नहीं रखूँगा, बल्कि आज़ाद हवा में खुला, मंज़ूर है ?"

तोते ने झट से रामू को जफ़्फ़ी डाल ली, "तुम्हारी यही सोच तो मुझे इतनी भा गयी कि मैं तुमसे दिल से जुड़ गया" |

'लव यू दोस्त', तोते ने रामू को प्यार से तोतली सी आवाज़ में बोला |

रामू भी बोल पड़ा, "लव यू टू मिट्ठू"

"मिट्ठू, कितना प्यारा नाम मेरा", तोता फुदक फुदक कर सारे कमरे में चहकने लगा |

आज दोनों एक साथ रहते हैं पक्के मित्र बनकर |

☙

22

अन्याय की कुर्सी

मधु एक बड़ी मेहनती अध्यापिका थी, असूलों की पक्की और अनुशाशन के मामले में थोड़ी सख़्त, पर वो भी शिक्षार्थियों के अच्छे भविष्य के लिए |

एक दिन मधु की ड्यूटी एक परीक्षा में लगा दी गयी और वह मुख्य अध्यक्ष थी उस परीक्षा की | वो सप्लीमेंट्री के पेपर थे | उस बैच की एक लड़की ने अपने पेपर वाले दिन, ऊंची हील वाले सेंडल पहन रखे थे और मेक अप किया हुआ था |

मधु ने उसको बुलाकर बोला "बेटा, तुम्हारा वैसे ही सप्लीमेंट्री का पेपर है, और कल नियम भी बताए थे, कैसे आना है, तुम फिर ये इस तरह आ गयी, जाओ जाकर बदल आओ, परीक्षक के ऊपर पहले ही ग़लत प्रभाव पड़ जाएगा, और इतनी ऊंची हील में कहीं फिसल न जाओ तुम"|

सब कुछ सुनकर पूनम (वो लड़की) बोली "मैम अभी मैं नहीं बदल सकती, मेरे पास कोई और वस्त्र नहीं" | मधु चुप, क्या कहती |

जब पेपर शुरू हुआ, तो वही हुआ, पूनम चलते चलते गिरने लगी थी, देखकर परीक्षक भी मुस्कुरा उठा, फिर भी मधु ने संभाल लिया | और परीक्षक ने मधु की ओर देखते धीमे से कान में बोला "बच्चों को नियम नहीं बताए क्या किसी ने मैडम?"

"अरे सर जाने दीजिये, आजकल के बच्चे ऐसे ही हैं, आपको पता है, कुछ नहीं कह सकते हम किसी को"

ख़ैर, परीक्षक थोड़ा शांत हुआ, और उसका वाइवा लेने लगा, पूनम उत्तर न दे सकी | अचानक परीक्षक का फोन आ गया और वो मधु को बोलकर बाहर चला गया "मैडम इतना आप लीजिये इसका वाइवा, मैं आया ज़रा |

मधु ने एक दो सवाल पूछे, पर पूनम को आये नहीं जवाब | जैसे कैसे पेपर हो गया और मधु ने पूनम को समझाया कि आगे से ध्यान रखे | पूनम बिना कुछ बोले चली गयी |

अगले दिन, जब मधु स्कूल में पहुँची, तो देखा उस लड़की की माँ दूर से चीख़ती चिल्लाती आ रही थी "तूने मेरी बेटी को डांटने की हिम्मत कैसे की?" और मधु का गला पकड़ लिया | वहां खड़े अध्यापकों ने हाथ छुड़वाया, और उस लड़की की माँ को शांत किया |

"मैं चुप नहीं रहूंगी, इसको यहां से हटवा कर रहूंगी, और अब देख तू, ये नया प्रिंसिपल मेरा रिश्तेदार है, कैसे तेरी शिकायत लगाती हूँ " चिल्लाते हुए पूनम की माँ प्रिंसिपल ऑफिस में चली गयी |

थोड़ी देर बाद, प्रिंसिपल ने मधु को बुलवाया और सारी बात पूछी |

मधु की लाख सफ़ाई देने पर भी उसने उसकी बात नहीं सुनी और उसको बोल दिया कि इस्तीफ़ा दे नौकरी से तुरंत |

"सर, पर मेरी कोई ग़लती है ही नहीं, मैंने तो उल्टा इसे समझाया और संभाला इसका मामला"

"ये तो कह रही है की आपने परीक्षक को बोले कि इसको फेल कर दो" प्रिंसिपल बोला |

"नहीं सर, मैं क्यों ऐसा बोलूंगी ? भला कोई अध्यापक अपने शिष्य को फेल करता है ? ये झूठ बोल रही है, आप वहां मौजूद और लोगों से पूछिए, आपको सच्चाई पता

"जी सर, सब कुशल"

मुख्याध्यापक ने अपने मेज पर से एक लिफ़ाफ़ा उठाया और आशा को पकड़ाया

"लीजिये, मैडम, आपके लिए एक ख़ास तोहफ़ा मैनेजमैंट की तरफ़ से"|

आशा देखकर कुछ समझ नहीं पाई, और उसने पूछा "सर, यह है क्या?

मुख्याध्यापक थोड़ा मुस्कुराते हुए बोले, "बताता हूँ, धैर्य रखिये थोड़ा"|

"मैं जानता हूँ, आपको पैसे की बहुत आवश्यकता है इस समय, आप के निजी हालातों से मैं वाकिफ़ हूँ, इसलिए मैनें स्कूल की मैनेजमेंट से आपकी तरक्की की गुज़ारिश की, यह वही प्रमोशन लैटर है, साथ में कुछ एडवांस, आपको हार्दिक बधाई, और कुछ सोचने की आवश्यकता नहीं, आपकी काबिलियत देखकर ही यह निर्णय लिया गया है " |

"अरे सर, आपका बहुत आभार", आशा ने मंद मुस्कान में कहा, मानो उसकी ख़ुशी की सीमा न हो, उसको यकीन ही नहीं हो रहा था |

आशा उनका आभार व्यक्त कर चली गयी | घर जाकर मिठाई बांटी, बहुत ख़ुशी थी बच्चों को भी |

अगले दिन, जब आशा स्कूल गयी, सभी ने उसको बधाई दी, दिन भर पार्टी होती रही |

दो दिन बाद, आशा को मुख्याध्यापक ने फिर से बुलाया और बोला, "आशा जी आपकी दसवीं कक्षा के बोर्ड पेपर्स में ड्यूटी लगाई गयी है"

"जी सर, ठीक है, मैं पहुँच जाऊँगी"

"आशा जी, बस आपको एक काम करना पड़ेगा, उन बच्चों को थोड़ी नकल करवा देना, ताकि हमारा नतीजा अच्छा आए, और स्कूल का नाम हो" |

"क्या मतलब सर? नकल ?

"सर मैं ड्यूटी अवश्य दूँगी, पर ऐसे नहीं, यदि हम शिक्षक ही बच्चों को ऐसा सिखाएंगे तो वो क्या सीख लेंगे, माफ़ कीजियेगा सर, यह मेरे असूलों के खिलाफ है"| मुख्याध्यापक ने आशा को धमकी दी यदि ऐसा न किया तो उसकी प्रमोशन वापिस ले ली जाएगी, और शायद नौकरी से भी निकाल दें |

आशा ने तुरंत स्वाभिमान से बोला, 'मुझे अपने सिद्धांत से ज्यादा कुछ प्रिय नहीं सर, आपको जो करना आप कीजिये, मुझे न ऐसी प्रमोशन चाहिए, न ऐसी नौकरी जहाँ मुझे अपना ज़मीर बेचना पड़े"|

बोलते बोलते आशा चली गयी और मुख्याध्यापक देखता रह गया | आशा को बहुत दबाव दिया गया पर उसने अपने सिद्धांत नहीं छोड़े | अगले दिन उसने स्वयं ही नौकरी से इस्तीफा दे दिया |

24

आख़िरी या पहला समोसा

दिनेश को समोसे बिलकुल पसंद न थे | उसके परिवार में सब खाते थे, पर वो कभी नहीं खाता था | एक दिन पता नहीं दिनेश को क्या हुआ, वो सुबह सुबह समोसे ले आया | वो भी सिर्फ़ तीन | जैसे ही वह घर आया, उसकी पत्नी 'सीमा', हैरान हो गई| "आज ये समोसे? ये क्यों लाए आज, और तुम तो खाते ही नहीं, और ये क्या सिर्फ़ तीन ? बच्चों के लिए नहीं लाए ?" सीमा पूछने लगी |

"अरे तुम्हें क्या लेना, तुम खाओ, मैं तुम्हारे लिए लाया हूँ, बच्चों के लिए फिर ले आऊँगा, आज सिर्फ़ तुम और मैं खाएंगे" |

"और सुनो, दो तुम्हारे, और एक मेरा "

"तुम भी खाओगे ? तुम तो कभी खाते ही नहीं थे", सीमा बोली |

"आज मैं भी खाकर देख लेता हूँ, आखिर कैसा होता है ये समोसा, पता नहीं फिर कभी खाने को मिले या न", दिनेश ने ज़वाब दिया |

"चल अब प्लेट लगा और गरमा गरम चाय बना दे" | दिनेश ने बोला और मुस्कराते हुए टेबल पर बैठ गया |

दोनों ने साथ में चाय पी और ख़ूब बातें की | पता नहीं कैसी कैसी बातें कर रहा था दिनेश सीमा से "सीमा अगले जन्म में न मैं तेरी पत्नी बनूंगा और तू मेरा पति, जैसे तू मेरी इतनी सेवा करती है, वैसे ही मैं तेरी करूँगा" |

सीमा, सुन सुनकर मुस्कुरा रही थी "अरे ये किस तरह की बातें कर रहे हो, अभी तो इस जन्म का सफ़र बाकी है" | दिनेश और भी बहुत कुछ बोले जा रहा था | सीमा को उसकी बातें सुनकर पता नहीं क्यों घबराहट सी होने लगी | आज ये ऐसी बातें क्यों कर रहे हैं, कहीं कुछ..... सीमा मन ही मन परेशान हो रही थी | पर अपने मन को समझाया उसने, 'अरे नहीं ये तो वैसे ही बोलते रहते हैं' |

दिनेश बोला "समोसा तो बड़ा स्वाद है, मैंने आज तक क्यों नहीं खाया कभी ये, ला दे, आधा अपना भी दे दे"|

वक़्त बीत गया | दोपहर हो गयी | सीमा रसोई में खाना बनाने चली गयी | और दिनेश कमरे में थोड़ी देर आराम करने चला गया | खाना जब तैयार हुआ तो सीमा ने आवाज़ लगाई 'आ जाइये, खाना लग गया है' |

जब दो तीन बार आवाज़ लगाने पर दिनेश बाहर नहीं आया, तो सीमा कमरे में गयी और उसको उठाने लगी "अरे उठो, अभी तक सो रहे हो, खाने को देर हो गयी' | दिनेश ने कोई ज़वाब नहीं दिया | सीमा घबरा गयी, और उसने देखा कि दिनेश की नब्ज़ नहीं चल रही थी |

डॉक्टर को घर बुलाया, तो उसने कहा "सॉरी, ये अब नहीं रहे" |

सीमा अचम्भित हो गयी, ये क्या बोल रहे हैं डॉक्टर आप, अभी तो इन्होंने मेरे साथ इतनी बातें की, और देखो पहली बार समोसा भी खाया आज, खुद लेकर आये थे" |

डॉक्टर निःशब्द, सम्भालिये खुद को, नियती के आगे किसी की नहीं चलती, कहकर डॉक्टर चला गया | सीमा अकेली थी घर पर, डॉक्टर ने उनके पड़ोसियों को ख़बर कर दी जाते जाते, और बच्चे भी आ गए |

सब दिनेश की अकस्मात मृत्यु पर इतने व्यथित थे | सीमा मन ही मन सोचती रही, "क्या ये समोसा आखिरी बार ही खाना था तुम्हें ? या पहली बार ? तभी आज ऐसी बहकी बहकी सी बातें कर रहे थे, मानो तुमको पहले से ही पता था सब"| चारों तरफ़ रुदन की आवाज़ | कैसी विडंबना थी ये ? आज तक सीमा समझ न पाई | उस दिन के बाद न घर में समोसा आया न किसी ने नाम लिया |

25
बदलती किस्मत

बड़ा शौक था संध्या को नई नई किताबें लेकर स्कूल जाने का, पढ़ लिखकर खूब नाम कमाने का | बचपन से ही उसमें निष्ठा और लगन भरी हुई थी | माँ बाबू ने हर इच्छा पूरी की उसकी, अच्छे स्कूल में दाखिला, सभी ज़रूरतें पूरी करना, इत्यादि | संध्या को भरपूर प्यार मिला अपने माता पिता से | हालाँकि उसके दो छोटे भाई और भी थे, परन्तु कभी लड़का लड़की में उसके माँ बाप ने फ़र्क न रखा | परन्तु कई बार तकदीर अजब खेल खेलती है | एक दिन अचानक संध्या के माँ बाबू की कार दुर्घटना में मृत्यु हो गयी | संध्या और उसके दोनों भाई अनाथ हो गये | उसी दिन से उनकी जिन्दगी के दिन बदल गये |

संध्या के चाचा उन तीनों बच्चों को अपने साथ ले गये | वे उनको अपने सगे बच्चों जैसा प्यार करते थे, पर चाची का बर्ताव कुछ अच्छा नहीं था उन बच्चों के प्रति | उसने उनका स्कूल बंद करवा दिया और खेती बाड़ी में लगा दिया | यहाँ तक कि उन छोटे छोटे हाथों में भिखारी का कटोरा भी थमा दिया, उनको मारती पीटती और दो वक्त की रोटी तक ख़ुशी से नहीं देती थी वो | उसके पति का उसपर कोई हुक्म नहीं चलता था, वो चाहते हुए भी कुछ नहीं बोल सकता था | चुपचाप बस देखता रहता |

संध्या केवल घर के चूल्हे चौके में ही लगी रही, बार बार उसको खाली बैठे रहने के ताने देती उसकी चाची और उसको काम करने को बोलती| संध्या की एक सहेली ने उसको सर्कस में काम दिलवा दिया | वहाँ सारा दिन उसको बनावटी मुस्कुराहट लिए काम करना पड़ता था, पर भीतर ही भीतर वो आँसूं बहाती रहती थी | एक

"हाँ, चाची, संध्या सही कह रही है, यही लिखा है इसमें" बंटी बोला |

संध्या की चाची ने मण्डली वालों को बहुत बुरा भला कहा "मुझे तो आपने यह बात स्पष्ट बताई नहीं थी, मुझे तो कहा था कि अपनी श्रद्धा से जो चाहे दान कर सकते हैं हम, ये धर्म के नाम पर धोख़ा देते हैं आप हम जैसे आम लोगों को, शर्म नहीं आती आपको?"

"चले जाइये यहाँ से, इससे पहले कि पुलिस को बुलाएँ हम"

तुरंत वे लोग वहाँ से भाग गए |

बंटी ने संध्या को शाबाशी दी, "संध्या तुमने आज बड़ी समझदारी का काम किया, अपने चाचा चाची को एक बड़े धोखे से बचा लिया, यही मोल है शिक्षा का, गर्व है हमें तुम पर"

संध्या की चाची शर्मिंदा हो गयी और कुछ न बोल सकी | उसको हैरानी हो रही थी कि संध्या कब इतना पढ़ लिख गयी | डरते डरते संध्या ने उसे सब सच बताया, कैसे उसके चाचा ने उसको पढ़ाया लिखाया और इस काबिल बनाया |

संध्या की चाची की आँखों से उस दिन पर्दा उठ गया और उसने संध्या से माफ़ी माँगी तथा उसको गले से लगा लिया |

जब संध्या के चाचा वापिस आये तो उनको सब बात पता चली | उनको भी संध्या पर गर्व महसूस हुआ |

"और पढ़ो बेटा, ख़ूब तरक्की करो, मेरा आशीर्वाद हमेशा" |

संध्या और पढ़ लिखकर एक दिन बड़े ऊँचे पद पर पहुँची और आज उसे लगा कि उसके माँ बापू दोनों उसके साथ ही हैं | अपने दोनों भाइयों को भी उसने पढ़ाया लिखाया और किसी काबिल बनाया |

26

वो तो एक सपना था केवल

निशा जब आठ बरस की थी, उसके माँ बाप का निधन हो गया था | निशा अपने माँ बाप की इकलौती संतान थी | उनके जाने के बाद किसी ने उसे आश्रय नहीं दिया, न किसी रिश्तेदार, न सगे संबन्धी ने | निशा की एक सहेली थी पूनम, जो खुद भी अनाथ थी | उसने निशा को होंसला दिया और अपने साथ ले आई अनाथालय में जहाँ वो खुद भी रहती थी |

पूनम अपने हालातों की वजह से पढ़ लिख न पाई और उसने अपने अनाथालय की मुख्याध्यक्षा की मदद से स्टेज पर होते ड्रामों में किरदार निभाने का कार्य शुरू कर दिया | अब चूँकि निशा को वो साथ लाई थी अपने, निशा का ध्यान रखना भी उसकी ज़िम्मेवारी थी | पूनम निशा को अपनी सगी बहन से भी ज्यादा प्यार देती थी और उसको कभी अपने से अलग नहीं करती थी | पूनम पूरी कोशिश करती थी कि निशा को किसी चीज़ की कमी न हो और वो अपने दर्द से बाहर आने की चेष्टा करे | पर निशा अभी पूरी तरह से अपने अतीत से बाहर नहीं आ पा रही थी, गुमसुम सी कमरे में ख़ामोश रहती थी |

एक दिन पूनम से सोचा, 'निशा को भी अपने साथ काम दिलवा देती हूँ, उसका मन थोड़ा बदल जाएगा और व्यस्त रहेगी तो ज्यादा सोचेगी भी नहीं' | पूनम ने अपने मालिक से बात की और वो राजी हो गया | निशा अब पूनम के साथ ड्रामों में भाग लेने लगी | तरह तरह के किरदार निभाती, शुरवात में थोड़ा अजीब लगा उसको,

पर धीरे धीरे आदत पड़ गयी और वो अपना काम दिल से करने लगी | दिन बीतते गए, और निशा व पूनम की दोस्ती अधिक गहरी हो गयी | निशा पूनम से कहने लगी कि तू मेरी बड़ी बहन और माँ जैसी है, जिसने हर सुख दुःख में मेरा साथ दिया | पूनम ने उसे गले से लगाया और बोली "चल पगली, ये परायों वाली बातें न किया कर मेरे से" |

एक दिन निशा को ख़ास किरदार निभाना था, ड्रामे में; "एक बेटी का" | उसकी सखी पूनम, उसकी माँ के किरदार को निभाने वाली थी | जैसे ही शो शुरू हुआ, निशा थोड़ी सी भावुक थी, पता नहीं कैसे निभाएगी आज यह किरदार, जैसे तैसे स्टेज पर पहुंची, उसकी सखी माँ के रोल में साड़ी पहने, आँखों पर चश्मा लगाए निशा के सामने आती है | निशा बाल खोले कुर्सी पर बैठी नजर आती है | माँ उसके बाल संवारती है, तेल लगाती है, फिर उसको खाना बनाकर देती है, बस्ता तैयार करती है | स्कूल ले जाने का भी टिफ़िन पैक करती है, और निशा को समझाती है "अच्छे से पढ़ाई करना बेटी, किसी से ज्यादा शरारत वगैरा मत करना और सीधा स्कूल जाना और वापिस घर आना"| माँ उसका माथा चूमती है, और स्कूल भेजती है |

ड्रामे के अगले भाग में, निशा स्कूल से घर आती है, तो उसकी माँ का स्नेह दर्शाया जाता है| निशा का बस्ता पकड़कर उसको गले से लगाती है उसकी माँ, गर्मागर्म खाना परोसती है और उसको आराम से अपनी गोदी में सुलाती है | शो चलता रहता है | और जैसे ही अंत होता है, हाल तालियों से गूँज उठता है, और एक दम पर्दा गिर जाता है |

निशा की सखी उसको पुकारते हुए बोलती है, "चल निशा, आज का शो ख़त्म हुआ, तूने बहुत अच्छा रोल निभाया और देख सबने कितनी तालियाँ बजाई | चल अब चलते हैं" | निशा ख़ामोश सी आँखें बंद कर बैठी रहती है, तभी उसकी सखी, उसके कंधे पर हाथ रखके बोलती है, "अरे कहाँ खो गयी"? निशा एक दम से उसको माँ कहकर पुकारने लगती है, " माँ, अपनी गोद में थोड़ा और सुला लो"तभी पूनम कहती है, "अरे पगली शो खत्म हो चूका, मैं माँ नहीं, तेरी चुलबुली हूँ, "पूनम " |

निशा अचानक से हिल उठती है, और कहती है "ओह, यह केवल एक सपना था, एक शो, माँ कहाँ रही अब, कहाँ उसकी गोद, कहाँ वो प्यार, अब तो जिंदगी बस किरदारों को निभाते ही गुजर जानी है, कहते कहते उसकी आँखें भर आती हैं, और

पूनम उसको गले से लगा लेती है "निशा, होनी को कोई नहीं टाल सकता, मन उदास मत कर, हिम्मत रख" |

निशा की आँखों से आँसू टपक पड़ते हैं "पूनम मुझे ऐसा किरदार दोबारा न दिलवाना जहाँ मैं अपने अतीत में फिर से खोने लगूँ" |

पूनम निशा की पीठ सहलाती हुई, ख़ामोश कुछ न कह सकी और दोनों चल दिए अपने घर की ओर | मन ही मन पूनम भगवान से प्रार्थना करती रही कि निशा को संबल प्रदान करे |

27

कच्चे धागे का अटूट बँधन

रमेश बहुत दिन से अस्पताल में दाखिल था | न उसको होश आ रहा था, न कोई दवाई असर कर रही थी | डॉक्टर अपनी तरफ़ से प्रयास कर रहे थे, पर अभी तक कोई सुखद समाचार न मिला | उधर त्यौहारों के दिन चले आ रहे थे | रमेश की छोटी बहन विदेश में रहती थी, और कई वर्षों से वो अपने भाई और मायके से मिलने नहीं आई थी | रमेश के अस्वस्थ होने की ख़बर भी उसके परिवार ने उसकी बहन को नहीं दी, ये सोचकर कि वो ख़ामख़ा इतनी दूर परेशान होगी | उधर रमेश की बहन, 'प्रिया' ने इस बार अपने भाई को रक्षाबंधन पर सरप्राइज देने की योजना बनाई | बड़ी ख़ुश थी वो कि कितने बरसों बाद अपने भैया से मिलेगी और अपने हाथों से राखी बाँधेगी | इतनी सारी ख़रीदारी की उसने अपने भाई, भाभी और उनके बच्चों के लिए | और बस दिन गिनती जा रही थी कि कब वो घड़ी आएगी जब वो भारत जाएगी अपने परिवार से मिलने |

दिन बीतते गए और प्रिया की फ्लाइट का दिन आ गया | प्रिया सफ़र तय कर अपने देश 'भारत' पहुँच गयी और ख़ुशी के मारे कूदती जा रही थी वो | बार बार अपने भैया की तस्वीर देखती जा रही थी | जैसे ही मायके पहुँची, सब उसको देखकर हैरान हो गए | ख़ुश भी थे पर थोड़े परेशान भी कि प्रिया को रमेश के बारे में कैसे बताएंगे | प्रिया ने आते ही सबसे गले मिलकर अपनी ख़ुशी ज़ाहिर की और पूछने लगी "भैया कहाँ हैं ? हमेशा शिकायत करते रहते थे कि तू मिलने नहीं आती, अब देखना मुझे देखकर कितने ख़ुश होंगे वो "| बोलती बोलती हर कमरे में जा घुसी,

पर कोई नहीं मिला उसे |

सब परेशान, कैसे बताएं प्रिया को ? पर उसकी भाभी ने सबको इशारा किया कि कोई उसको सच नहीं बताएगा अभी, मैं संभालती हूँ बात |

"अरे भाभी, भैया कहाँ हैं "?

"वो, ऑफिस के किसी ज़रूरी काम से बाहर गए हैं, तुझे तो पता ही है उनका, कितने व्यस्त रहते हैं वो"

"ओह, चलो फ़ोन करके तो बता दूँ उनको, वो मेरे सरप्राइज से कितने ख़ुश होंगे", प्रिया बोली|

प्रिया फ़ोन मिलाती है, पर लगता नहीं |

"अरे वो अभी मीटिंग में होंगे, बाद में कर लियो, चल अभी थोड़ा आराम कर ले, इतने लम्बे सफ़र से आई हो" भाभी बोली |

प्रिया थोड़ी उदास सी हो गयी और कमरे में चली गयी |

थोड़ी देर बाद, उसकी भाभी ने उसका मूढ़ थोड़ा ठीक किया और उसका ध्यान परिवर्तित किया|

प्रिया ने सबको अपनी ख़रीदी चीज़ें दिखाई और बाँटी |

सब बड़े भावुक से नज़र आ रहे थे, मानो कि बनावटी मुस्कुराहट हो सबके चेहरे पर | प्रिया को अजीब सा लग रहा था, उसने पुछा सबसे कि सब कुशल तो है ?

सबने बोला "हाँ, भई, सब ठीक है, देख तेरे सामने तो हैं सब"|

प्रिया ने मन को समझाया "चलो ठीक है"

"भैया कब आएँगे" ?

एक बहन के स्नेह और विश्वास को देख डॉक्टर निःशब्द हो गया और कुछ न बोल सका |

प्रिया थाली लिए चली गयी रमेश के कमरे में |

प्रिया जैसे ही अंदर गयी, रमेश बेहोश पड़ा था | प्रिया ने आँसूं नहीं बहाए, चुप चाप रमेश को देखती रही और मन ही मन बचपन से लेकर अब तक की सारी खट्टी मीठी यादें याद करती रही |

रमेश को थोड़ा हिलाने जुलाने की कोशिश की, पर उसने कोई हरक़त नहीं की |

प्रिया ने थाली में से राखी उठाई और रमेश की कलाई पर बाँध दी |

प्रिया बैठी रही और देखती रही कि रमेश शायद कुछ बोल पड़ेगा |

वक़्त बीतता गया, पर रमेश ने कोई हरक़त न की |

प्रिया हारकर कमरे से बाहर जाने लगी "शायद सब ठीक कहते थे, दवा ही जब कोई असर न करे तो सब बेअसर है" |

जैसे ही प्रिया दरवाजे पर पहुँची, उसे कुछ आवाज़ सुनाई दी | मुड़कर देखा, तो कुछ गिर गया था | उठाने गयी, तो उसकी नज़र रमेश के हाथ पर पड़ी, जो हलचल कर रहा था | तुरंत डॉ. को बुलाया |

"अरे ये तो चमत्कार हो गया, जो इतने दिन में सम्भव नहीं हो सका, वो आज अचानक हो गया" डॉक्टर बोला |

"देखा डॉ. साहब, मैंने कहा था न आज राखी है, एक भाई-बहन के लिए बहुत बड़ा दिन और इस नाज़ुक से धागे में बहुत शक्ति है" | प्रिया बोली |

डॉ. मुस्कुराने लगा और बोला "जी हाँ प्रिया जी, आपका स्नेह और विश्वास जीत गया, आप बैठिये इनके पास आइये" |

प्रिया रमेश के पास बैठी और उसका हाथ पकड़कर रोती रही, बेशक आँख से आंसू नहीं बहाए, पर अंदर ही अंदर रो रही थी वो | ख़ुशी भी थी उसको, अपने भाई के ठीक होने की | रमेश अभी प्रिया को पहचान नहीं पा रहा था, पर धीरे धीरे उसको होश आने लगा | और उसकी हालत में सुधार होने लगा |

थोड़े दिन बाद रमेश को अस्पताल से छुट्टी मिल गयी और वो घर वापिस आ गया | घर में सब ख़ुश थे रमेश को स्वस्थ देखकर |

"बहना माफ़ कर दे, मैं तेरे लिए कोई तोहफ़ा नहीं ला सका इस बार राखी का", रमेश बोला |

"अरे भैया, आप से बड़ा तोहफ़ा और हो सकता है क्या मेरे लिए?" प्रिया ने रमेश के गले लगकर बोला |

दोनों ख़ुशी ख़ुशी बातें करते रहे |

प्रिया ने अपनी वापिसी की टिकट भी पोस्टपोन करवा ली और वो हँसी ख़ुशी अपने भाई के साथ रही | सबने भाई बहन के स्नेह और अटूट बँधन की दात दी |

28

विदेशी हवा

सोनू विदेश में पिछले 15 वर्ष से रह रहा था | उसके माता पिता का वीज़ा लगे 10 बरस हो चुके थे | पर घर गृहस्थी की उलझनों में वे कभी विदेश जा ही न सके अपने बेटे के पास | इस बार, अचानक उनके बेटे ने उनकी टिकटें बुक कर दी और उनको बुलाने का सरप्राइज दिया | दोनों बड़े हैरान थे और ख़ुश भी | दोनों ने जाने की तैयारी शुरू कर दी | अपने बेटे के लिए सामान ख़रीदा, बड़े शौक से उसके पसंदीदा पकवान और अन्य खाने पीने की सामग्री भी एकत्र की | उनके बेटे के पड़ोस में ही एक महिला रहती थी, जो सोनू को काफ़ी समय से जानती थी | वो सोनू का पूरा ध्यान रखती थी | सोनू के माँ बाप निश्चिंत रहते थे कि उनके बेटे को कोई दिक्क़त नहीं होती होगी वहाँ इतनी दूर, एक माँ जैसी आंटी जो है उसके पास |

वो दिन आ गया जब सोनू के माँ बाप की फ्लाइट थी | दोनों पहली बार विदेश जा रहे थे और पहली बार ही वायु यात्रा थी उनकी | छोटा बेटा हवाई-अड्डे पर उनको छोड़ आया और देखते ही देखते उनका प्रस्थान करने का समय आ गया | पूरे चौबीस घंटे की यात्रा करके वे विदेश पहुँचे, जहाँ उनका बेटा उन्हें लेने आया | दोनों को बहुत आनन्द आ रहा था, नए लोग, नई जगह देखकर | कुछ दिन बड़े ख़ुशी ख़ुशी बीते | बेटे ने भी ख़ूब ख्याल रखा अपने माँ बाप का|

सोनू की माँ अपने हाथों से तरह तरह के पकवान बनाकर सोनू को खिलाती थी | और वो सोनू की आंटी भी शुरू में ख़ुश होकर खाती थी सब कुछ | पर अचानक ही उस महिला का बर्ताव बदलने लगा | वो सोनू की माँ से कहने लगी 'आप सोनू को ये खाने को न दिया करें, ये इसकी खान शैली नहीं, ये न किया करो, वो न किया

करो' | न वो कुछ ख़रीदने देती थी उनको | सोनू की माँ को बहुत आश्चर्य हुआ यह सब देखकर|

जब सोनू की माँ ने सोनू से इस बात का ज़िक्र किया तो सोनू ने एक न सुनी और अपनी आंटी की ही तरफ़दारी की | उस दिन से घर का माहौल ही बदल गया | सोनू के माँ बाप को ये देखकर इतना दुःख होने लगा कि एक तीसरे इंसान की वज़ह से उनका खुद का बेटा आज इतना बदल गया है | जो थोड़ा बहुत वो उनको बाहर घुमाने ले जाता था, वो भी बंद कर दिया| सारा दिन वे अंदर ही कैद रहते |

एक दिन सोनू की माँ के पेट में इतना दर्द उठा, कि वो सारी रात सो नहीं पाई | सुबह उठकर उसने अपने बेटे से कहा, पर उसने नज़रअंदाज़ कर दिया | कहने लगा "ऐसे ही हो गया होगा दर्द, कुछ खाया पीया बिगाड़ कर गया होगा, थोड़ा सब्र रखो ठीक हो जाएगा" |

"अरे बेटा, ज़रा डॉक्टर को दिखा देता, कहीं समस्या ज्यादा न बढ़ जाए" सोनू के बाबू जी ने कहा |

"यहाँ डॉक्टर को मिलना इतना आसान नहीं बाबू जी, आप बेकार चिंता कर रहे हैं, आराम कर लेगी थोड़ा माँ, ठीक हो जाएगी" सोनू बोला |
    और कहकर चला गया | उसके बाबूजी देखते रहे |

सोनू की माँ दर्द से तड़पती रही | पर सोनू को कोई फ़िक्र नहीं हुई |

दो - तीन दिन बीत गए, पर उसकी माँ की हालत में कोई सुधार नहीं हुआ |

ऊधर उसकी आंटी को बुख़ार हुआ, तो उसको तुरंत लेकर चल दिया डॉक्टर के पास |

इधर सोनू की माँ की तबियत ज्यादा ख़राब हो गयी | सोनू के बाबूजी ने आस पास जाकर देखा और एक पड़ोसी से मदद मांगी | वो बेचारा तुरंत दौड़ा आया और उसकी माँ को अस्पताल ले गया | अस्पताल जाते हुए रास्ते में ही सोनू की माँ ने दम तोड़ दिया | पर वे फिर भी उसे अस्पताल ले गए कि शायद कोई उपचार हो, शायद साँसें बाकी हों अभी | पर देखते ही डॉक्टरों ने ज़वाब दे दिया | सोनू के

पड़ोसी ने सोनू को ख़बर की | सोनू सुनते ही दंग रह गया | और अपनी आंटी सहित अस्पताल पहुंचा |

"इन्हें यहाँ लाने में देरी कर दी आपने, इनके पेट में इन्फेक्शन थी, जो सारे शरीर में फ़ैल गयी दो-तीन दिन में, अगर थोड़ा पहले ले आते, शायद हम कुछ कर सकते थे" डॉक्टर बोले | सोनू के बाबू जी निःशब्द, सोनू की तरफ़ देखते रहे |

"अंकल, अब जो हो गया उसे टाल तो सकते नहीं, चलिए आंटी के अंतिम संस्कार की तैयारी करें" सोनू का पड़ोसी बोला |

अस्पताल वालों ने अपनी कागज़ी कार्यवाही पूर्ण की और सोनू की माँ का पार्थिव शरीर उनको सौंप दिया |

सोनू ने माँ के दाह संस्कार की बात की तो उसके बाबू जी बोले "हमारी टिकट बुक करवा दे, वापिस जाने की, तेरी माँ की इच्छा थी कि उसका अंतिम संस्कार उसी की मातृभूमि पर हो, यहां आने से पहले भी वो मुस्कुराते हुए बोल रही थी मुझे "सुनिए जी, भगवान न करे अगर मुझे कुछ हो गया वहां, तो मेरा संस्कार वहां न करना, यहीं अपने देश की भूमि पर करना" |

सोनू सुनकर शर्मिंदा हो गया और बाबूजी से माफ़ी मांगने लगा | पर वे कुछ न बोल सके |

सोनू ने टिकटें बुक की और वो अपने बाबू जी और माँ के पार्थिव शरीर के साथ वापिस अपने देश आया | वहाँ सब रिश्तेदारों का इक्कठ हुआ और सोनू की माँ के अंतिम दाह संस्कार की तैयारियाँ शुरू की सबने | और सबको उनके अकस्मात निधन पर अति शोक हुआ |

पंडित जी ने सोनू को अपनी माँ के संस्कार के लिए बुलाया, पर उसके बाबू जी ने मना कर दिया | "संस्कार मैं करूँगा अपनी पत्नी का" |

सब हैरान, और सोनू सर झुकाए खड़ा रहा |

वक़्त बीता चला गया | सोनू को अपने किये पर इतना पश्चाताप हो रहा था, मन ही मन खुद को कोस रहा था वो 'काश मैं अपनी माँ का दर्द समझ पाता, झूठी शान में आकर मैं इतना अँधा हो गया कि अपना फ़र्ज़ ही भूल गया |

"माँ, मुझे माफ़ कर दो" बस यही बोलते बोलते वो दिन रात शमशान में बैठा रहता |

किसी को कुछ नहीं पता था, वहाँ विदेश में हुआ क्या था |

"बाबू जी मुझे क्षमा कर दीजिये" सोनू बोलता रहा, पर उसके बाबूजी पत्थर से बन गए और कुछ न कह सके |

ऊधर सोनू की कम्पनी से फ़ोन आते रहे, उसे वापिस काम पर बुलाने को |

सोनू ने निर्णय लिया कि वो वापिस नहीं जाएगा | पर उसके बाबूजी ने उसको जाने को बोल दिया "तेरी माँ मुझे ही कोसेगी, मेरी वज़ह से तुमने मेरे बेटे की नौकरी में बाधा डाल दी, इसलिए तू वापिस जा, कम से कम उसकी आत्मा को थोड़ी तो शांति मिले" |

सोनू ने लाख कोशिश की समझाने की, पर उसके बाबूजी ने उसकी एक न सुनी | कौन जाने ये उनकी नाराज़गी थी या पुत्र प्रेम |

सोनू ने अपनी टिकट बुक की और वापिस चला गया | पर वहाँ जाकर एक भी दिन चैन से न रह पाया | अपनी माँ की पुकार उसके कानों में गूंजती रही | वो आंटी जब उसके पास आई, उसने उसको वहां से जाने को बोल दिया और उससे हमेशा के लिए नाता तोड़ दिया | और अब सोनू उस जगह को भी छोड़कर चला गया |

दिन तुम बहुत काबिल बनोगी और सफ़लता के शिख़र छू लोगी | तुम्हारा लेखन इतना सक्षम है जो एक दिन तुम्हें एक लेखिका बनाएगा, मेरे लफ़्ज़ याद रखना, बस खुद पर और परमात्मा पर भरोसा रखो और होंसला मत छोड़ो | और वो मैम भी दिल की बुरी नहीं, बस ऐसे ही बोल देती हैं, अब तक तो तुम्हें उनके स्वभाव में ढल जाना चाहिए, चल अब मुस्कुरा, कमर कस और लग जा अपने काम पर" |

रेनू ने आँसू पोंछे और अपनी मैम का आभार व्यक्त किया |

रेनू की शिक्षिका सब सच जानती थी कि रेनू के साथ क्या क्या घटित हो रहा था, पर वो अपनी शिष्या को मायूस नहीं देख सकती थी और उनको रेनू की योग्यता पर पूर्ण भरोसा था|

रेनू ने अपनी पढ़ाई जारी रखी | उसकी मुख्याध्यक्षा का व्यवहार वैसा ही था, पर रेनू अब टाल देती थी | एक दिन रेनू के कॉलेज में चित्रकारी प्रतियोगिता घोषित हुई और सिर्फ एक दिन का समय मिला था सहभागियों को तैयारी करने के लिए | रेनू की शिक्षिका ने उसकी मुख्याध्यक्षा से बताया कि रेनू एक बहुत अच्छी चित्रकार है, उसको इस प्रतियोगिया में ज़रूर भेजना चाहिए | वो हँसने लगी "ये और चित्रकार, क्या बात कर रही हो तुम, जिसको पढ़ाई लिखाई न आती हो, वो क्या चित्रकारी करेगी"|

रेनू की शिक्षिका ने उनको रेनू के बनाए कुछ चित्र दिखाए | देखकर वो दंग रह गयी | पर अपने अहम के आगे उसको कुछ न दिखता था | उसने मना कर दिया |

परन्तु रेनू की शिक्षिका ने उनको फिर से आग्रह किया "रेनू को एक मौका तो दीजिये, देखिएगा वो प्रथम स्थान लेकर आएगी" |

हठ करने पर वो मान गयी और रेनू को जाने की अनुमति दे दी |

"मैम मैं कर भी पाऊँगी, मुझे डर लग रहा है", रेनू ने अपनी शिक्षिका को बोला |

"देखना तुम प्रथम स्थान पाओगी, चलो जाकर थोड़ी प्रैक्टिस कर लो घर, समय कम है" शिक्षिका बोली |

अगले दिन प्रतियोगिता थी | कई प्रतियोगी भाग लेने पहुँचे थे | रेनू को प्रतियोगिता जे अधिक अपनी मैम का भय था, "अगर मैं कुछ कर न सकी आज, तो वो मुझे छोड़ेंगी नहीं" |

कुछ ही देर में प्रतियोगिता शुरू हो गयी | रेनू ने बड़ी सोच समझकर चित्र का चयन किया |

थोड़ी देर में परिणाम आने वाला था | रेनू घबराई हुई थी |

जैसे ही परिणाम घोषित हुआ, रेनू अचम्भित हो गयी जब उसने सुना कि उसको प्रथम पुरस्कार मिला है |

जजस ने उसको ट्रॉफी दी, नक़द ईनाम और सारा हाल तालियों से गूँज उठा | रेनू ने अपने कॉलेज का नाम रोशन किया |

जाते ही सबसे पहले उसने यह ख़बर अपनी शिक्षिका को दी और उन्होंने उसे बहुत आशीष दिया तथा उसकी मुख्याध्यक्षा को भी बताया | सुनकर वो दंग रह गयी और मन ही मन सोचने लगी "ये डफर इतनी काबिल कैसे हो सकती है" | ख़ैर, उसने धीमे से मुस्कुराते हुए कहा "बढ़िया"| और कुछ न बोली |

"चलो सेमिनार की तैयारी करो, हो गयी प्रतियोगिता" |

रेनू अपनी शिक्षिका की ओर देखने लगी और वो मुस्कुराने लगी |

रेनू भागते भागते गयी अपना सेमिनार देने | सबने उसे सराहा पर उसकी मुख्याध्यक्षा का बर्ताव वही था |

अगले सप्ताह, रेनू के कॉलेज में कोई काव्य प्रतियोगिता थी | जिसमें फिर से रेनू ने प्रथम स्थान प्राप्त किया |

उसकी मुख्याध्यक्षा रेनू की काबिलियत से वाकिफ़ थी पर पता नहीं क्यों वो रेनू को कभी प्रोत्साहित नहीं करती थी |

रेनू की शिक्षिका ही थी जिन्होंने हर मोड़ पर उसका साथ दिया और उसे हौंसला देती रही |

रेनू की पढ़ाई का अंतिम वर्ष आ गया | रेनू की शिक्षिका को कुछ कारणवश अपनी नौकरी छोड़नी पड़ी | रेनू खुद को बहुत अकेला महसूस करने लगी थी | पर जाते जाते उसकी शिक्षिका ने उससे वादा लिया "बेटा, तू मुझसे वादा कर कि कभी हिम्मत नहीं हारेगी और परीक्षा में प्रथम स्थान पर आकर दिखाएगी, मैं इंतज़ार करूँगी उस दिन का, सबसे पहले मुझे बताना अपना परिणाम, और सुन, मैं कहीं दूर नहीं, यहीं हूँ तेरे आस पास, जब भी याद करोगी, मुझे साथ पाओगी"

रेनू की आंखों से आंसू टपक पड़े | और नम आँखों से उसने अपनी शिक्षिका को विदाई दी |
वक़्त बीत रहा था | रेनू की फाइनल परीक्षा आने वाली थी |

एक दिन अचानक एक सड़क दुर्घटना में रेनू का पाँव फ्रैक्चर हो गया और दो महीने के लिए उसके पाँव पर पलस्तर चढ़ा | ऊधर उसके इम्तिहान की तिथि भी घोषित हो गयी | रेनू बहुत घबराई हुई थी, कैसे करेगी परीक्षा की तैयारी ऐसे हालात में |

रेनू की स्थिति की ख़बर सुन उसकी पुरानी शिक्षिका ने उसको फ़ोन किया और हौंसला दिया |

रेनू ने अपने बिस्तर पर बैठे बैठे परीक्षा की तैयारी की और वो दिन आ गया जब उसकी परीक्षा शुरू होने वाली थी |

अभी रेनू का पलस्तर उतरा नहीं था | रेनू के पापा गाड़ी में बिठाकर रोज रेनू को कॉलेज ले जाते परीक्षा देने | रेनू के लिखित पेपर तो ख़त्म हो गए और उसको विश्वास था कि वे अच्छे ही हुए हैं | अब प्रैक्टिकल की बारी थी | बाहर से दूसरे शिक्षक आए थे उनका प्रैक्टिकल लेने | रेनू की मुख्याध्यक्षा ने बहुत कोशिश की कि रेनू को फेल कर दिया जाए | पर रेनू की योग्यता देख वे प्रशिक्षक अति प्रसन्न हुए | इम्तिहान समाप्त हुए, अब बस परिणाम का इंतज़ार था |

एक महीने बाद रेनू का नतीजा आया और रेनू ने प्रथम स्थान प्राप्त किया | रेनू का

शोध कार्य उच्च स्तर पर सराहा गया और उसको शोध कार्य में लेखन का अवसर प्रदान किया गया | रेनू ने सबसे पहले यह ख़बर अपनी शिक्षिका को फ़ोन करके बताई और वे बहुत प्रसन्न हुई "देखा बेटा, मैंने कहा था न तुझसे, तू एक दिन बहुत काबिल लेखिका बनेगी" |

"जी मैम, आप मेरे लिए अँधियारे में दीपक के समान हैं, मेरी आदर्श, यदि आप न होती तो शायद मैं यह जंग कभी नहीं जीत पाती, आप दूर होकर भी हमेशा मेरे साथ थी, आपको मेरा दिल से नमन" |

रेनू की मुख्याध्यक्षा चाह कर भी रेनू का कुछ न बिगाड़ सकी | आज भी उनका नजरिया रेनू के प्रति वही है, सब कुछ देखते हुए भी नज़रअंदाज़ करती है वो | पर रेनू जाते जाते भी उनका आभार व्यक्त करके आई "आपका हार्दिक आभार मैम, मुझे शिक्षित करने के लिए", रेनू ने उनके पाँव छुए और आशीर्वाद लिया | पर वो निःशब्द, अपने अहम में डूबी बिना कुछ कहे चली गयी |

रेनू अगले ही दिन अपनी शिक्षिका से मिलने गयी और उनका आभार व्यक्त किया | ऐसे शिक्षक यदि हर शिष्य को मिल जाएं तो हर शिष्य सफलता के शिखर को अवश्य छुएगा |

30

शराफ़त का फ़ायदा

मधु के पति का अकस्मात निधन हो गया था | उनकी बहुत इच्छा थी अपना 40 साल पुराना मकान ठीक करवाने की | मधु को यह बात पता नहीं थी कि उसके पति अपने निधन के दो दिन पहले ही किसी ठेकेदार के पास जाकर आए थे मकान के कार्य की बात करने | यह बात उसको तब पता लगी जब वो ठेकेदार उनके घर शोक व्यक्त करने आया था "अरे, अभी तो आए थे भाई साहब दो दिन पहले, कह रहे थे पुराना घर ठीक करवाना है" |

मधु को जब यह पता लगा उसने सोच लिया कि वो उनका अरमान अवश्य पूरा करेगी | मधु के दोनों बेटे बाहर रहते थे | उसके पास उसकी बेटी काव्या रहती थी | मधु ने अपने बच्चों से इस बारे में विचार विमर्श किया | उनके घर के पास उनके एक पड़ोसी रहते थे जिनका ठेकेदारी का ही काम था | वे शुरू से मधु के परिवार को जानते थे | आजकल उनका काम उनका इकलौता बेटा भूषण देख रहा था | मधु के बच्चों ने सलाह दी कि क्यों न हम मकान का कार्य भूषण भैया से करवा लें ? पड़ोसी होने के नाते विश्वास भी रहेगा और आपको और दीदी को भी ज्यादा परेशानी नहीं उठानी पड़ेगी | पापा ने भूषण भैया को बचपन से पढ़ाया लिखाया है बिना किसी शुल्क के, फिर वो हमारा कार्य अपना समझकर ही करेंगे | हम दोनों भी यहाँ दूर रहकर निश्चिंत रहेंगे |

मधु राजी हो गयी और उसका छोटा बेटा एक दिन आकर भूषण से बात पक्की कर गया | उन्होंने बिना किसी कागज़ी कार्यवाही के भूषण को विश्वास के आधार पर काम सौंप दिया | भूषण ने कुछ पैसे एडवांस में माँगे, तो मधु ने तुरंत दे दिए |

भूषण ने कहा "आंटी जी, इतना आप अपना सामान ऊपर चढ़वा लीजिये, क्यूंकि जब तक नीचे काम चलेगा, आपको ऊपर रहना पड़ेगा" |

मधु और काव्या ने सामान रखना शुरू कर दिया | काव्या के पिता को आदत थी बेकार का पुराना सामान एकत्र करने की | मधु और काव्या ने बहुत सा सामान भूषण के ग़रीब मज़दूरों को दे दिया |

एक दिन भूषण की नज़र मधु के घर पड़ी बाईक पर पड़ी | उसने काव्या से पूछा "ये बाईक ? इसका क्या करना है? रखनी है तुमने या देनी है किसी को ?"

"हाँ भैया, देनी तो है, देखना अगर कोई सही ग्राहक मिले" |

"मेरा बेटा कबसे बोल रहा है उसको बाईक लेनी है, अगर आपको आपत्ति न हो तो मैं खरीद लूँ" भूषण बोला |

"अरे भैया, ये तो बहुत अच्छी बात है, हमारे भतीजे के काम आ जाएगी"

"ठीक है, मैं पता करता हूँ, बाज़ार में क्या दाम चल रहा इसका"

"अरे नहीं भैया, आपसे पैसे थोड़े लेंगे हम, आप ले जाइये, थोड़ी सर्विस होगी इसकी, बस वो करा लीजिये"|

भूषण ले गया और सर्विस करवाकर अपने बेटे को दे दी, काव्या को बताया तक नहीं कि क्या रेट पता किया उसने |

ख़ैर, मधु और काव्या तो उसको अपने घर जैसा सदस्य समझते थे | उन्होंने उससे कुछ नहीं पूछा |

कुछ दिन बाद उनके घर का काम शुरू हो गया | बहुत तोड़ फोड़ हुई | भूषण ने जब भी मधु से पैसे माँगे, उसने बिना कोई सवाल किये दे दिए | थोड़े दिन बाद भूषण काम में लापरवाही सी करने लगा | पैसे लेता रहता, पर कई कई दिन तक काम रोके रखता | काव्या और मधु कुछ बोलते नहीं थे ये सोचकर कि पड़ोसी है, क्या

मधु अपने पति की तस्वीर के सामने खड़ी आंसू बहाती रही | राकेश ने माँ को दिलासा दिया और बोला "माँ कोई बात नहीं, ये भी शुक्र मनाओ, कि और नुकसान होने से बच गया और इसका सच जल्दी सामने आ गया" |

राकेश ने दूसरे ठेकेदार से बात की और काम फिर से शुरू करवाया | और इस बार कागज़ी कार्यवाही करके ही काम सौंपा तांकि आगे फिर से कोई दगाबाजी न हो सके | बहुत नुकसान हुआ उनका और एक साल बाद मकान का काम पूरा हुआ | पर इस सब से उनको और उनकी पूरी कॉलोनी को एक सबक मिला | आज तक कोई भूषण से काम नहीं करवाता |